KB195127

밈 카피의

생각 채집

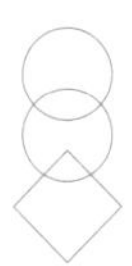

추천의
글

언어유희의 세계에 계급이란 게 있다면, 성미희는 단연 피라미드의 맨 꼭대기 층에 자리할 카피라이터이다. 그녀는 함께 일하는 동료들 사이에서도 말맛을 중요하게 여기기로 유명한데, 가끔 그녀와 대화하다 보면 그 조합의 신선함과 다양함에 적잖이 놀라곤 한다. 이 책은 그런 그녀가 말맛을 살리기 위해 평소에 어떤 노력을 하는지, 어떻게 꾸준히 인풋을 넣고 어떻게 번아웃을 피하는지를 일기장을 열어 보여 주듯 친절하게 설명한다. 누구보다 우리말의 매력을 사랑하는 '언금술사'의 노하우가 궁금하다면, 생각과 텍스트의 힘으로 이 험한 시대를 헤쳐가는 유쾌한 동료와의 기분 좋은 대화가 필요하다면, 그녀의 채집 노트를 열어 보시길.

유병욱

TBWA KOREA Executive CD,
《인생의 해상도》 저자

만나며

세상은 속절없이 빠르게 돌아갑니다.
그 속에서 자신만의 속도를 찾는 것은
여간 어려운 일이 아닙니다.

우리는 매일 보고, 듣고, 만집니다.
하지만 거기서 멈춥니다.
감각하지만 사색하진 않죠.

그럴 여유가 없다고 하지만
혹시 우리는 시간이 없는 게 아니라
그럴 필요가 없다고 생각하는 건 아닐까요?

허공에 흐르는 생각을 붙잡아 둘 필요가 있습니다.
그것은 연습이 필요합니다.
연습은 단순합니다.
생각을 채집합니다.
생각을 쥐고, 놓아주지 않습니다.

Less is more.

잘 비운 여백이

그 어떤 채움보다 풍성하다.

멋지게 덜어내기 위해선
그전에 넉넉하게 채워야 합니다.
생각의 곳간을 풍성하게 채우고
아낌없이 덜어냅시다.

어쩌면 그 사소한 연습이
나를 좀 더 가치 있는 사람으로
만들어 줄지도 모릅니다.

만일 당신이
이 책에서 조금이라도 얻은 것이 있다면,
한 문장, 한 단어라도 채집하게 되었다면,
나는 더없이 기쁠 것 같습니다.

차례

추천의 글 4

만나며 6

생각 채집

생각의 조각을 모으다

카피라이터의 은밀한 메모장 18

단어 채집 24

은유하는 연습 28

SEE.ZIP 36

단어℃ 44

본능을 좇아 본질로 50

말맛 나는 세상 56

익숙함에 반항하기 62

반려책 66

책을 천 권 읽으면 천 번 사는 거라고 74

아이쿠! 하이쿠 78

생각의 곳간 86

일상 채집

평소의 생각을 붙잡다

끄덕 그 덕에 힘 92

주제넘다 96

'요즘' 어때? 102

재능보다 재미 104

모르고리즘 아니고 알고리즘 110

삶에. 이름. 116

장례식 콘서트 122

인생 공식 {삶-사람=0} 128

살아진 낙엽 134

취미가 없는 취미 [白 취미] 138

빼기의 패기 144

오조준(誤照準) 150

마음 채집

생각의 태도를 다잡다

실패 소생술 156

나를 울리는 울력 160

강박에 반박 166

후회도 능력 172

내 안의 예민이 176

나와의 싸움 180

나에게 좋은 사람 182

별 볼 일 있는 인생 188

인연 2년설과 시절 인연 192

기다림의 미학 198

긍정 사고 변환기 202

마침표가 아닌 쉼표 204

사심으로 살 결심 210

민들레는 민들레 216

다시, 만나며 222

생각의 조각을 모으다

카피라이터의

은밀한

메모장

평소 상대방의 이야기를 듣다가도 영화를 보다가도 좋은 생각이나 남다른 시상이 떠오르면 부리나케 휴대전화 메모앱을 켜서 기록한다. 주변 사람들은 그런 나를 보고 아주 부산스럽고도 부지런한 습관을 가졌다고 칭찬하지만 사실상 기억력이 좋지 못한 주인을 만나서 손가락이 고생하는, 어쩌면 습관이라기보다 좋은 버릇에 가깝다.

그렇게 기록해 두는 내 메모장은 크게 사적 영역과 공적 영역 두 가지로 분류한다.

[사적 영역]

ㄴ 머리부터 발가락 끝까지 내 신체 사이즈를 기록해 놓은 폴더
ㄴ 향수, 화장품 등 구매한 제품을 기록해 두는 폴더
ㄴ 자꾸만 까먹는 사이트의 아이디와 비밀번호를 기록해 두는 폴더
ㄴ 매년 기록하는 N년 차 연봉 폴더
ㄴ 적금이나 예금을 정리한 금융 폴더
ㄴ 부조금 리스트 폴더
ㄴ 만취 전에 위스키 브랜드를 기록해 놓는 폴더

ㄴ 애정하는 사람들의 취향이나 주변 관계도,

발 사이즈 등을 기록해 둔 폴더

(이 폴더는 애정으로 포장했지만 자칫 무서워 보일 수도 있을 것 같다.)

…

사적 영역에는 개인정보나 취향, 돈과 관련한 중요한 정보들이 담겨 있고, 각 폴더에 비밀번호를 걸어 두었다. 여기에 그치지 않고 '노션'이란 앱에 한 번 더 철저하게 기록해둔다. 사실은 기록이라기보다 박제라는 표현이 더 어울리겠다.

메모장의 공적 영역은 역시 일과 관계된 것이다. 연도 별로 소속된 회사에서 담당했던 클라이언트들로 분류한다. 현재를 기준으로 예를 들면 이런 식이다.

[2024 TBWA]

ㄴ [CJ대한통운 오네]

ㄴ [신세계그룹 쓱데이]

…

클라이언트 별로 구분한 폴더 외에 사적인 시선이 담긴 공적 영역의 폴더도 있다.

■ [People]

ㄴ 근사한 광고 캠페인을 만든 감독님과 CD님들

ㄴ 함께 프로젝트를 하며 좋았던 PD님, 녹음실, 편집실 스태프들

…

사적 영역과 공적 영역 그 사이 어디쯤의 폴더가 하나 더 있는데, 바로 [Touching mee] 폴더다. 그 안에는 내 시선을 탄 모든 글이 있다. 읽었던 책과 필사한 문장들. 독특한 비유, 자주 잊는 띄어쓰기나 맞춤법. 영화나 웹툰 속 기억에 남는 대사들, 인터뷰, 명언. '쫄깃한' '육즙이 살아 있는' '대체 불가'와 같이 광고에서 맛을 표현하거나 최상급을 표현할 때 쓸 만한 단어들을 기밀하게 적어 놓았다. 언제든 필요할 때 꺼내 쓰는 나의 '치트키' 사전이 될 수 있도록, '내 사전에 불가능은 없다'가 되도록 말이다.

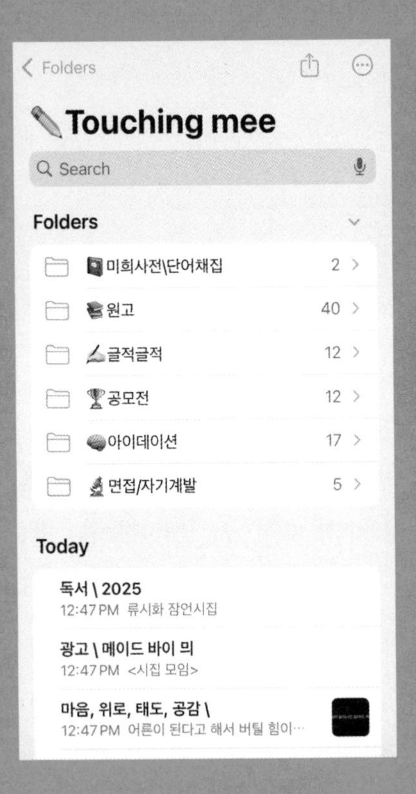
Folders
Touching mee
Search
Folders
미희사전\단어채집 2
원고 40
글적글적 12
공모전 12
아이데이션 17
면접/자기계발 5
Today
독서 \ 2025
12:47 PM 류시화 잠언시집
광고 \ 메이드 바이 믜
12:47 PM <시집 모임>
마음, 위로, 태도, 공감 \
12:47 PM 어른이 된다고 해서 버틸 힘이…

나에게 걸린 모든 것을

채집해 둔다.

내 사전에 불가능은 없다.

단어

채집

만약 메모앱에서 단 하나의 폴더만 살릴 수 있다면 나는 응당 이 폴더를 복구할 것이다. 바로 [미희 사전/단어 채집] 폴더다. 이 폴더에는 일상에서 자주 만나지 못하는 단어들을 적어 두었다. 가끔 본 적 있어도 정확한 뜻을 모르거나 아예 초면인 단어 위주다.

카피라이터라는 직업 특성상 상용화된 단어들을 보면 고루할 때가 있다. 분명 신중히 고민한 단어겠지만 괜히 멋 부린 듯한 느낌이 들면 좀처럼 읽히지 않는다. (물론 진심이 깃든 편지는 예외!) 매일 글을 마주하는 일을 하는 터라 아는 단어도 계속 다시 들여다보고 의심하는 습관은 어쩔 수 없다. 반대로 신선한 단어가 보이면 바로 눈이 가고, 곧장 그 단어를 '채집'한다.

대부분 광고 카피는 늘 최고와 특별함을 요구받지만 그렇다고 해서 지나치게 은유적이거나 잘 쓰이지 않는 단어를 사용하기는 쉽지 않다. 다수가 이해할 수 있어야 하기 때문에 뻔하더라도 사람들에게 익숙한 단어를 쓰는 경우가 많고 광고주가 이를 원하면 더 어쩔 수 없다. 하지만 나는 꾸준히 신선한 단어들을 쓰기 위해 시도하고 제안하는 편이다.

[미희 사전/단어 채집]에 있는 단어들을 조금 풀어

보면 아래와 같다. (표준국어대사전의 의미를 바탕으로 하지만 해석과 순서는 내 마음대로.)

경닐하다	**공경하고 친애하다.**
고자누룩하다	**한참 떠들썩하다가 조용하다.**
고졸하다	**기교는 없으나 예스럽고 소박한 멋이 있다.**
곡진하다	**매우 정성스럽다.** **매우 자세하고 간곡하다.**
끌탕	**속을 태우는 걱정.**
물초	**온통 물에 젖은 꼴.**
미쁘다	**믿음직스럽다.**
서름하다	**남과 가깝지 못하다.** **사물에 익숙하지 못하다.**
아연하다	**너무 놀라거나 어이가 없어서, 기가 막혀서 입을 딱 벌리고 말을 못 하는 상태.**
암팡지다	**몸은 작아도 힘차고 다부지다.**
울력	**여러 사람이 힘을 합하여 일함 또는 그런 힘.**
조야하다	**천하고 상스럽다.**
톺다	**매우 힘들여 더듬다. 샅샅이 뒤지거나 더듬어 찾거나 살피다.**

홀홀하다	**조심성이 없고 행동이 매우 가볍다. 별로 대수롭지 아니하다. 문득 갑작스럽다.**
홧홧하다	**달듯이 뜨겁다.**
휘영청	**달빛 따위가 몹시 밝은 모양, 시원스럽게 솟아 있거나 확 트인 모양.**

알고 있던 단어들도 뜻을 음미하면 다시금 새롭게 보인다. 나는 마땅히 써야 할 말이 떠오르지 않거나 색다른 표현을 찾고 싶을 때 [미희 사전/단어 채집]을 꺼낸다. 전하고자 하는 메시지를 선명히 전달하면서도 뻔하지 않은 단어로 여러 가지 옷을 대본다. 듣는 이의 마음에 닿을 표현을 부지런히 골라 입히면 메시지는 한결 멋스러워진다.

글쓰기에 흥미가 있거나 글쓰기를 고민하고 있다면 메모장에 단어 채집 폴더 하나쯤 있어야 서운하지 않다. 오늘부터 나만의 사전, [○○ 사전/단어 채집] 폴더를 만들고 생경하고 재미있는 단어들을 채집해 보면 어떨까?

은유하는

연습

우아한 저항

훌륭한 실수

맹렬한 침묵

햇빛은 과자다. ('바삭바삭함'을 공통된 성질로 비유)

색을 다 뺀 무지개를 툭툭 썰어서
('썰기 전의 수육'을 비유)

뜨거운 무표정

차가운 위로

다정한 질책

우주를 한 사람으로 축소하고
그 사람을 신으로 다시 확대하는 것, 사랑

맑은 가난

완전한 불완전함

밋밋한 사실주의

기쁨이 달콤한 즙으로 흘러넘칠 때
너는 그것을 과일이라 부르고,
그것이 노래가 될 때는 새라 부른다.

고대 그리스 철학자 아리스토텔레스는 예술의 창조적 근원을 '은유(metaphor, 메타포)'라고 말했다. '그녀의 눈동자는 맑은 호수다'와 같이 서로 전혀 상관없는 '눈동자'와 '호수'를 연결하여 새로운 등식을 만들어내는 방식. 나는 책을 읽을 때 기가 막힌 수식어나 비유를 보면 꼭 밑줄을 긋고 메모장에 옮겨두는 습관이 있다. 앞에 소개한 글은 내 부지런한 채집의 결과들로, 원문을 직접 번역하거나 그대로 옮겨 적은 비유의 견본이다.

'A는 B다'가 은유를 연습하는 가장 기본적인 방법이라면, 서로 다른 성질이나 성격을 가진 단어들을 조합하는 것은 글을 다루는 이의 실력일 것이다. 예를 들어 '맹렬한 침묵'은 형용사와 어떠한 상태를 나타내는 명사가 붙어 제법 묘하게 어울린다. '침묵'에 흔히 붙는 '고요한'이라는 수식어는 침묵의 상태를 다시 한번 기술하고 강조하는 것에 그친다면, '맹렬한'은 침묵에 강렬함과 묵직함을 더하면서 침묵하는 주체의 강력한 의지까지 느끼게 한다.

뇌과학자 정재승 교수는 창의적인 사람들의 뇌에서 공통으로 벌어지는 현상이 있는데, 서로 굉장히 멀리 떨어져 있는 뇌의 영역들이 서로 연결되는 것이라고 말했다. 앞서 말한 '눈동자'와 '호수'를 연결하는 능력을 예로 들 수 있겠다. 흔히 좌뇌는 이성적이고 우뇌는 감성적인 영역이라고 한다. 사람들의 마음을 움직이는 촉촉한 글을 쓰기 위해서는 우뇌만 사용할 것이 아니라 전두엽과 후두엽, 측두엽과 두정엽을 골고루 연결해야 더욱 창의적인 생각을 떠올릴 수 있다. 21세기 신경과학자들이 실험을 통해 알아낸 이 사실은 이미 2천 년 전 아리스토텔레스가 알아낸 통찰이다.

하지만 뇌를 골고루 쓴다는 것이 말이 쉽지, 연습하지 않으면 무척 어려운 일이다. 그래서 나는 평소에 기를 쓰고 뇌를 쓰는 연습을 한다. 종종 어떤 단어를 떠올렸을 때 뇌의 한 부분이 전류가 흐르는 것처럼 저릿한데, 이때 그 자극을 정반대 부위로 흘려보낸다는 느낌으로 뇌에 힘을 준다. 가령 '행복'이란 단어를 떠올렸을 때 우뇌에서 작용했을 법한 어떤 감성적인 느낌을 받았다면 그 느낌을 좌뇌로 보낸다. 말하자면 '행복'이라는 감정적 단어를 떠올린 후 곧바로 감정과 무관한 단어를 떠올리는 것이다. 예를 들어 '공장'이라는 단어를 떠올렸다고 치자. 그럼 이제 서로 다른 영역의 두 단어를 붙여 본다. '행복 공장'. 그 다음으로 공장은 제품을 끊임없이 만들어 내는 곳이니 '행복을 가동하다'라는 문장을 연이어 만들어 본다. 왠지 모르게 차갑게 느껴지던 공장이라는 단어가 한결 따스해지는 것 같다.

이처럼 평소 머릿속에 둥둥 떠다니는 단어들을 붙잡아 가면서 창조는 시작된다. 생각의 혁명을 일으키는 방법은 생각보다 단순하다.

우아한 ____________________

훌륭한 ____________________

맹렬한 ____________________

햇빛은 ____________________다.

____________________ 무표정

____________________ 위로

다정한 ____________________

____________________ 것, 사랑

____________________ 행복

빈 칸에 어떤 말을 채워 넣을 수 있을까?

SEE.ZIP

시는 삶의 압축이라고 생각한다. 짧지만 결코 가볍지 않으며, 깊은 성찰 없이는 절대 닿을 수 없는 영역. 누구나 할 수 있는 말로 아무나 할 수 없는 말을 하는 궁극의 경지. 광고 카피를 쓸 때도 늘 견지하려는 태도다.

나는 보통 나태주 시인처럼 연세가 지긋한 시인의 작품을 더 찾는 편인데, 아무래도 그분들이 살아온 물리적인 시간과 그만큼 쌓인 연륜을 무시할 수 없기 때문이다. 물론 젊은 시인들의 시간 또한 결코 가벼이 여기진 않는다. 같은 나이라고 해도 저마다 다른 밀도의 시간을 보냈을 테니까. 이따금 또래 시인의 작품을 읽을 때면 나와는 꼭 다른 시간을 사는 것 같아서 깜짝깜짝 놀라곤 한다. 많이 읽고, 보고, 배우고, 성찰한다.

시는 사뭇 진지하고 조신해야 한다는 편견을 깨뜨려준 시인도 많다. 김민정 시인이나 이정록 시인의 시집을 들여다보면 글이 참 맛깔나다. 단 한 줄에 인생의 깊이와 웃음이 다 담겨 있다.

시는 전하고자 하는 많은 의미가 한 줄에 담겨야 한다는 점에서 광고 카피와 비슷하다. 그래서 매번 시집을 읽을 때면 한 글자 한 글자 꼭꼭 씹어 천천히 소화하려는 편이다. 열심히 삼켰던 시집을 또 들춰 보며 행여나 내가 놓친 좋은 시는 없는지 읽고 또 읽는다. 그러다 보면 체했던 마음도 천천히 가라앉는다. 시간도 훌쩍 지나간다. 읽다 보면 내가 품고 있던 시상의 씨앗도 마구 떠오른다.

그래서 나는 가끔 시를 짓는다. 혼자 쓰고 간직하지 않고 매년 교보생명이 진행하는 광화문 글판 문안 공모전에 응모하기도 한다. 공모 주제는 계절 별로 다른데, 이를테면 '겨울, 새해, 손님, 반가움' 같은 식으로 구분해서 제시되고, 응시자는 각 주제에 맞게 직접 창작하거나 이미 세상에 알려진 글귀 혹은 출간된 도서의 문구를 발췌하여 응모한다. 글판 게시작으로 선정된 한 명은 제법 쏠쏠한 상금을 받는데, 나는 게시작으로 선정된 적은 없지만 우수 후보작 20명에 들었던 적은 두어 번 있다.

구태여 내가 응모한 문안이 외벽에 걸린 걸 꼭 봐야겠다거나 상을 받기 위해 욕심내는 것은 아니다. 그저 내 글이 누군가에게 어떤 울림을 주는지 확인하고 싶을 뿐이다. 물론 내 업의 영역에서도 성과라든가 소비자 반응으로 확인할 수 있지만, 내가 쓰는 글이 광고 카피로 한정될 때 글을 쓰는 내 시야와 평가받는 기준이 좁아지는 것 같아서 그 갈증을 여러 방식의 글쓰기로 해소하려는 편이다. 그래서 다른 시선으로 내 글을 평가받을 기회를 놓치지 않으려고 부단히 노력한다. 그리고 궁극적으로 나도 언젠가는 울림 있는 시를 짓고 싶다.

교보생명의 역대 광화문 글판 중 내가 가장 좋아하는 시를 하나 소개해 본다.

저게 저절로 붉어질 리는 없다
저 안에 태풍 몇 개
저 안에 천둥 몇 개
벼락 몇 개

— 장석주, 〈대추 한 알〉 중에서, 2009년 가을 편

이미 고명한 시지만 많은 서사가 담긴 것 같아서 볼 때마다 가슴이 뭉클하다.

여기에 더해 교보생명에서 주목했던 작품 중 내가 채집한 시들도 공유해 본다.

새가 바람을 공부하지 않고
어찌 날기를 바랄 수
있단 말인가

— 이병률, 〈불화덕〉 중에서, 2022년 가을 편

흰 봉투에
눈을 한 줌 넣고
(…)
그대로 편지를 부칠까요?

누나 가신 나라엔
눈이 아니 온다기에

— 윤동주, 〈편지〉 중에서, 2023년 겨울 편

우리는 밤이 깊도록 화덕 옆에 묵묵히 앉아 있었다.
행복이란 얼마나 단순하고 소박한 것인지
다시금 느꼈다.
포도주 한 잔, 군밤 한 알, 허름한 화덕, 바닷소리,
단지 그뿐이다.
그리고 지금 여기에 행복이 있음을 느끼기 위해
단순하고 소박한 마음만 있으면 된다.

— 니코스 카잔차키스, 《그리스인 조르바》 중에서, 2023년 겨울 편

단어℃

거만

오만

교만

다 같은 말 아닌가 싶으면서도 묘하게 온도가 다른 유의어들이다. 국문학자 안상순의 《우리말 어감 사전》 속 설명을 빌려 보자면, '거만'은 겉으로 드러난 행동에 강조점이 있다면 '오만'은 행동할 때 심리적 태도에 초점을 두고, '교만'은 오만보다 겉으로 드러나지 않아서 더 위험하다고 한다. 누군가를 거만하다고 말할 때 그 사람의 몸짓이나 표정에서 그 거만함이 읽히고, 오만하다고 할 때는 남의 말을 잘 듣지 않거나 자기 잘못을 인정하지 않는 태도에서 그 오만함이 읽힌다. 반면 교만은 겉으로 드러나는 언행이나 태도로 알아챌 수 없기 때문에 자기를 스스로 속일 수 있다는 점에서 어쩌면 더 지독하고, 더 위험하다.

단어의 온도 차를 활용해 내가 쓴 광고 카피가 세상에 나온 적이 있다. 감자탕 맛이 나는 라면, 농심 '감자탕면' 광고였다. 지금은 안타깝게도 지구상에서 사라진 제품이지만 광고는 여전히 온라인상에 남아 있다. 당시 각종 예능 프로그램에 출연해 사람들의 시선을 사로잡던 배정남 씨를 모델로 삼았고, 새롭게 선보이는 라면인 만큼 소비자들로 하여금 한 번쯤 꼭 먹어 보고 싶게 만들 강력한 카피가 필요했다. 그 당시에 팔렸던 카피는 의외로 단순했는데 나의 첫 TV 광고 카피기도 하다. (광고대행사에서는 본인 아이디어가 광고에 반영될 때 '팔았다'고 표현한다.)

감동
감격
감탄
감자탕!
감자탕 맛 그대로 제대로
(마지막 문장의 슬로건은 내가 쓰지 않았다.)

감자탕으로 넘어가기까지 감동-감격-감탄의 3단계 점층적 구조를 사용해 전달되는 느낌의 온도가 점점 뜨거워지도록 했다.

'감동'은 사물이나 현상의 훌륭함이나 아름다움 등에 가슴이 뭉클하거나 찡함을 느끼는 상태이고, '감격'은 생각지 못한 큰 도움을 받아 기쁨이나 고마움이 솟구쳐 일어나는 것을 뜻한다. 감정의 높낮이가 다르기 때문에 잔잔한 감동은 말이 되지만 잔잔한 감격은 어딘지 모르게 어색하다. 이 점을 생각하고 강도의 세기를 고려했을 때 감동 다음에 감격이 오는 것이 맞겠다고 보았다. 원래 '감명'이라는 단어도 후보에 있었지만 극적인 느낌의 단어는 아니라고 판단했다. 하지만 '감탄'은 어떤가? 온도도 제법 뜨끈하게 맞았고, 감자탕과 글맛이 더 잘 어울렸다.

시대에 따라서도 언어의 온도는 다르다. 특히 요즘처럼 차별에 예민한 시대에는 성 평등에 어긋난 단어는 없는지 단어의 어원을 들여다보며 부단히 민감하게 사용하려고 한다. 그때는 맞았지만 지금은 틀릴 수 있기 때문이다. 예를 들어 주부(主婦)에 쓰인 '부'의 한자는 '지어미 부'로 애초에 여성만을 지칭하는 편견이 섞인 말이기에 요즘에는 '살림꾼'이라는 말로 대체한다. 평소 무심코 사용할 수 있는 '저능아', '앉은뱅이', '벙어리' 등 장애인에 대한 차별적인 시선이 담긴 말도 사용해선 안 된다. 이것은 비장애인이 장애인을 비하하는 옳지 못한 단어 선택이다. 일제 시대의 잔재인 단어들도 마찬가지다. 일본어로 간질을 뜻하며 발작하듯 억지 부린다는 뜻을 지닌 '뗑깡'은 '생떼'로, '유도리'는 '융통성'으로, '단도리'는 '채비'로 바꿔서 사용한다. 이렇듯 시대적 온도를 잘 살피는 것 또한 중요하다.

말의 온도를 어렴풋이 인지하게 되면서 전에 썼던 단어도 다시금 새롭게 느끼기 시작했다. '이 문장에 이 단어의 온도가 적당할까?' 물속에 계속 손을 담그고 온도를 측정하듯이 매일 쓰는 단어도 그렇게 사용하려고 애쓴다. 물론 이 또한 나에게만 적당한 온도일 수도 있다. 누군가는 그 온도에 화상을 입거나 꽁꽁 얼 수도 있겠지만, 단어 1℃까지 예민하게 감지하는 것이 요즘 내가 언어를 대하는 중요한 태도 중 하나다.

본능을 좇아

본질로

TBWA KOREA는 매년 태국에서 개최하는 아시아 대규모 광고 축제인 '애드페스트'에 참여한다. 나는 2024년 이 행사에 함께 갈 20명의 직원 중 한 사람으로 발탁됐다. 이와 동시에 회사에서는 애드페스트와 별개로 자체 세미나를 진행하는데, 나는 이를 위해 구성된 TF 팀원으로도 참여하게 됐다. 당시 TF 팀원으로서 내가 맡은 임무는 행사 전반을 준비하고 필요한 영상과 포스터 카피를 쓰는 일이었다. 이 세미나에는 현재 회사에서 담당하는 클라이언트 열 분을 초대하기 때문에 우리는 임직원뿐만 아니라 광고주를 포함한 모든 참여자들의 마음을 움직이는 메시지를 전해야 했다.

지금까지 열심히 달려온 당신이 편하게 쉬었다 돌아가기 바란다는 식의 뻔한 힐링 메시지는 쓰고 싶지 않았다. TBWA KOREA를 대표하는 아이콘 중 하나인 '해적'을 키 콘셉트로 잡아두고, 동료들에게 어떤 메시지를 전할지 고민했다. 몰랐던 자기 자신을 여행지에서 찾아보라는 말은 그들의 마음을 움직일 수 없다고 생각했다. 그보다는 이미 자기 안에 잠재되어 있는 '무엇'을 꺼내 보라는 메시지를 전하고 싶었다. 한국에서는 회사와 사회라는 시스템 속에서 해군처럼 늘 한곳만 보고 달려왔을 테니 이곳에서는 한눈팔아도 보고, 가끔은 엇나가도 보고, 실수도 좀 해보면서 무엇이든 마음 가는 대로 해 보길 바란다고 말하고 싶었다. 내 안에 숨어 있는 해적의 모습을 찾아서. 보다 반항적으로, 보다 진취적으로.

그래서 나온 슬로건은 '그냥 해적같이'였다. 이 슬로건이 가장 우리답다고 생각했다. 그리고 누구도 거부하기 힘든 행동 강령을 만들었다.

한눈팔자

못 보던 것을 볼 수 있도록

길을 잃자

새로운 길을 찾을 수 있도록

사고 치자

사고의 틀을 깰 수 있도록

그냥 해적같이

세미나에 참석한 동료들과 초대된 클라이언트들이 파타야 숙소에 도착해 각자의 방에 들어가게 되었을 때 가장 먼저 보게 될 웰컴 편지의 앞면에는 '부디 이번 여행만큼은 편하게 쉬었다 가시길'이라는 메시지와 '절대 뒷면을 보지 마세요'라는 경고 메시지를 적어 두었다. 물론 보지 않을 수 없도록 만든 의도적인 장치였다. 뒷면에는 위에서 말한 행동 강령을 새겼다. 동료들과 클라이언트들은 이 쿨한 행동 강령을 마음에 들어 했다. 세미나에서 보여준 오프닝 영상을 개인 SNS 계정에 꼭 기록하고 싶다며 받아서 업로드한 동료도 있었다.

구태여 해적에 어울릴 만한 거친 표현을 찾기 위해 노력할 필요는 없었다. '그냥' '해적' '같이' '한눈팔자' '길을 잃자' '사고 치자'와 같이 새로운 단어보다 평범한 단어를 조합해서 해적의 본능에 맞는 반항적이고 거침없는 느낌을 만들었다. 한눈을 팔았더니 못 보던 것을 보고, 길을 잃었더니 새로운 길을 찾고, 사고를 쳐서 사고의 틀을 깨는 것. 가장 평범한 행동으로 가장 비범한 결과를 불러오는 방법. 본질에 가까워지는 방법은 이토록 평범하다.

말맛 나는

세상

"브런치 맛있게 잘 먹었다! 배부르네. 배부런치~!"

"미희 카피님, 제발 점심 시간까지 일하지 마시라고요!"

동료의 말에 나는 웃으며 대답했다.

"저는 10년째 뇌근을 못 해요."

몸은 퇴근했지만 뇌는 퇴근하지 못하는 것. 아마 그것은 나뿐만 아니라 이 땅에 모든 광고 혹은 마케팅 회사를 다니는 이들의 숙명일 것이다. 꼭 이런 업이 아니더라도 빈 문서에 무언가를 창조해내야만 하는 K-직장인들은 오늘도 분명히 머릿속은 퇴근하지 못하고 있으리라.

"재밌고 통통 튀는 카피를 잘 쓰려면 어떻게 해야 하나요?"라는 질문을 꽤 받는다. 솔직히 나도 잘 모르지만 답해본다. 다양한 스타일의 카피라이팅이 있지만 나는 짧고 굵은 카피에 강한 편이다. 단 한 줄로 잊을 수 없는 강력한 인상을 주는 것. 카피라이터의 가장 중요한 이 임무를 나는 어떻게든 수행해야만 한다.

광고주는 비용을 쓰고 광고를 만든다. 자사의 브랜드가 잘 홍보되고, 제품이 잘 팔려야 하기 때문에 하고 싶은 이야기가 많다. 그러나 TV 광고에 주어진 시간은 단 15초, 지면 광고에 주어진 범위는 단 두세 줄이 전부이다. 이때 카피라이터는 광고주가 전하고 싶어 하는 메시지가 무엇인지 잘 파악해야 한다. 최대한 맛있게 요리해서 먹기 좋게 썰고 보기 좋게 담아야 한다. 무엇보다 보는 사람들의 시선을 훔칠 수 있도록 맛깔나게 써야 한다. 하지만 세상에는 광고가 너무 많다. 아침 출근길에 버스나 지하철만 타도 수두룩하게 쏟아지는 광고 문구들 사이에서 사람들의 고개를 한 번이라도 더 돌리게 만들면 성공이다. 끌리는 글을 쓰는 것이 카피라이터가 가장 힘써야 할 일이다.

나는 그래서 종종, 아니 자주 말장난을 한다. 뇌를 가만히 놔두지 않고 계속해서 말을 요리하는 것이 나만의 훈련법이다. 나는 이것을 '맛있는 훈련'이라고 일컫는데, 이 훈련은 실제로 맛있는 음식을 먹을 때 더욱 효과가 좋다. 오믈렛을 먹더라도 단순히 '오믈렛을 먹었다'가 아닌 '오물오물 오믈렛'으로 말의 음가를 살려 보기도 하고, 가장 애정하는 술 안주인 회를 먹을 땐 '사랑회'라는 프러포즈성 말을 던져 보거나, '행복.회로.'를 외치며 마치 미각의 화학반응처럼 말에 변주를 주어도 본다. 회사 사람들과 회를 먹을 때는 '이것이 진정한 회.식'이라고 만남의 의미를 덧붙여 보기도 하고, 회식 메뉴가 소고기일 때는 '소소한 회식'이라며 제법 겸손한 자랑을 해 본다. 막걸리와 찰떡궁합인 전을 먹을 땐 '전 먹던 힘까지', 빵을 실컷 먹는 주말은 '빵빵한 주말', 오랜만에 만난 친구와 묵힌 근황을 나누며 피자를 함께 먹는다면 '수다를 피자'를 그날의 키워드로 삼아 본다.

일상의 언(言)금술사가 되는 방법은 크게 어렵지 않다. 일단 주변에서 재료를 찾는다. 재료의 발견은 대개 쓰고자 하는 대상의 이름에서 쉽게 찾을 수 있다. 익숙한 이름을 요리해서 입맛에 맞게 혹은 여러 취향에 맞게 써 본다. 때로는 얼큰하게, 때로는 달큰하게 말맛을 살려 본다. 그렇게 모두의 입맛 내지는 맛 보이고 싶은 사람들의 입맛에 맞추는 연습을 하다 보면 평소에 채집한 평범한 단어들만으로도 충분히 맛있는 요리가 된다.

이 글을 쓰고 있는 지금, 눈앞에 '에그타르트'가 보인다. 이 글을 다 쓰기 전까지 참기로 했다. 그리하여 오늘 나의 디저트 카피는 '애가 타는 에그타르트'로 정했다. 정말이지 말맛 나는 세상이다.

대만 여행은 대만족!

대전 여행은 대전잼!

거제 여행은 또 올 거제!

마이 취향 취향마이 치앙마이!

익숙함에 반항하기

요즘 한국은 추석 즈음에도 날씨가 습하고 더워서 추석이 아닌 하석(夏夕)으로 이름을 바꿔야 하는 것 아니냐는 말도 나오지만, 그래도 역시 가을 아침은 확연히 공기가 다르다. 특히 추석 아침 공기는 어느 해이든 콧속을 상쾌하게 찌르는데, 마치 완연한 봄 아카시아 꽃향기가 콧속을 콕콕 찌르는 것만 같달까? 추석에만 느낄 수 있는 시원함이 있다. 그러니 그 즈음에는 꼭 아침 공복에 들숨 날숨을 해 보시길. 콧속이 쓰릴 정도로 숨을 크게 들이켜면 온몸으로 가을의 정취를 느낄 수 있을 테니까. 아, 추석 날씨를 이야기하려던 것은 아니다.

지난 해 추석의 일이다. 연휴 첫 날, 집에서 쉬는 대신 노트북과 책을 챙겨 들고 스타벅스로 향했다. 가는 길 곳곳에 기시감이 확 드는 현수막들이 연달아 걸려 있었다.

'풍성한 추석 보내세요!'
'보름달처럼 풍성한 한가위 되세요!'

10년 전에 만든 현수막이라고 주장해도 누구 하나

의심하지 않을 예사로운 추석 인사말이었다. 추석은 다른 명절과 다르게 일 년 중 가장 풍성한 휴식을 마련해주고, 가장 풍성한 특집 TV 프로그램이 방영되고, 가장 풍성하게 식욕을 자극하고, 그와 함께 덩달아 가장 풍성한 몸무게까지 만들어 주니까 으레 풍성하다고 말할 수 있으려나?

하지만 카피라이터라의 직업병 때문인지 어느 순간부터 추석에 따라붙는 '풍성한'이라는 단어가 상당히 고질적으로 느껴졌고 따분했다. 사실 '풍성한'만큼 한가위를 표현해주는 수식어도 없으니 대체할 문구를 당최 찾지 못했을 것이다. 그러니 '풍성한 한가위 되세요!'가 몇 십 년 동안 변함없이 꿋꿋하게 사용되는 관습적인 인사가 될 수밖에 없지 않았을까?

매년 추석이 되면 보고 싶은 은사님, 선배님, 친구, 후배들에게 문자로 명절 인사를 보낸다. 이들은 내가 늘 고마움을 품고 있는 사람들이고, 명절을 맞아 인사를 전하는 것은 당신을 잊지 않고 있다는 내 마음을 흘리는 행위이기도 하다. (물론 매번 안부를 챙기는 것은 쉽지 않다.) 그럴 때마다 '풍성한 한가위'라는 말은 내 진심을 온전히 전하기에 너무 평범하고 한참 아쉽다. 어제 선물 받은 홍삼 세트 속 카드 문구와 별반 다르지 않을 테니까.

인사말을 쓰기에 앞서 '풍성한'을 대체할 수 있는 표현을 생각해 본다. 가운데 음절만 바꾼 '풍부한'? 왠지 성의 없어 보인다. '완벽한'? 받는 사람 입장에서 꼭 열심히 연휴를 보내야 할 것 같아 부담스럽다. 아예 '맹렬한' 같은 낯선 표현을 넣어 볼까? 이건 너무 화난 느낌이다. 열심히 머리를 굴려 보다 결국 특정한 단어가 아닌, 더 일상적인 표현으로 익숙함에 반항해 보기로 했다. 곧장 휴대전화를 열어 내 스타일대로 인사말을 써 내려갔다.

"존경하는 최○○ 은사님,
몸도 마음도 배부른 한가위 보내시길 바랍니다.
조만간 보름달보다 휘영청한 모습으로
알현하겠습니다 :)"
— 글동무 제자 미희 카피 드림

반려책

'오늘 엄마가 죽었다. 아니, 어쩌면 어제.'

1942년에 발간된 알베르 카뮈의 《이방인》의 첫 문장. 내게 처음 고전 소설의 매력을 알게 해 준 강력한 한 줄. 이 책은 오래된 마을을 지키는 장승처럼 지금도 꿋꿋이 스테디셀러의 자리를 지키고 있지만, 사실 읽기 전까지 나는 이 책의 존재조차 몰랐다. 그만큼 과거의 나는 고전 문학 작품에 대해 무지했으며 무관심했다. 무엇보다 '고전'이란 말이 고루하게 느껴졌다.

그 당시에 나는 가만히 앉아서 10분 이상 책을 읽지 못하는 사람이었고, 계속 딴생각이 머릿속을 헤집어 책에 집중할 수 없었다. 마치 만화책에서 속마음을 표현하는 구름 모양 말풍선이 뭉게뭉게 피어오르는 것처럼 글을 읽다 가도 오늘 해야할 일이 생각 나서, 하지 않은 일이 생각 나서 펼쳤던 책을 덮었다. 책은 내게 따분한 사물에 지나지 않았고 우선 순위가 되지 못했다. 목차에 차려진 한 편 한 편이 적당한 양으로 잘 분배되어 있으면 나름 인내심을 가지고 읽어낼 수 있었지만, 한 편의 분량이 너무 길거나 쉴 틈 없이 이어지는 글자들을 보고 있노라면 금세 책태기, 이른바 책 권태기가 찾아왔다.

그럼에도 불구하고 우연히 만난 알베르 카뮈의 군더더기 없이 깔끔한 문체와 흥미로운 스토리는 내 마음을 순식간에 빼앗았다. 다음 내용이 미치도록 궁금해서 도저히 책장을 안 넘기고는 못 배기게 했다. 나를 절대 한눈팔지 않게 하는 책. 그렇게 인생 첫 '반려책'을 만났다.

그 후 카뮈의 다른 책들을 찾아 읽었고, 꼭 그의 글이 아니더라도 남들은 이미 초등학생 때 다 뗐을 유명 고전 문학 작품들을 단편에서 전집에 이르기까지 하나둘 '도장 깨기'를 하기 시작했다. 덕분에 밀란 쿤데라, 헤르만 헤세 등 다양한 작가를 만났고, 지금도 여전히 '세계문학전집의 작가들을 모두 만나기'를 목표로 도장 깨기 중이다.

"어떻게 하면 독서하는 습관을 꾸준하게 가질 수 있을까요?"

이제는 카피라이터라는 직업을 핑계 삼아 책과 가까이 살게 된 덕분인지 책 읽는 법에 대한 질문을 자주 받는다. 대개는 어떻게 하면 책을 많이 읽을 수 있는가 같은 양적인 질문보다는 어떻게 하면 질리지 않고 꾸준히 읽을 수 있는지에 대해 묻는다. 나는 그런 질문을 받을 때마다 가장 먼저 한 권의 반려책을 만나는 게 중요하다고 답한다.

책도 옷을 사는 것과 같다. 옷은 입어 보아야 안다. 아무리 요즘 유행하는 스타일이라도 나에게 어울리지 않으면 무용지물이다. 보기엔 괜찮은 치수 같았는데 입어 보니 내 몸에 맞지 않을 수 있고, 예쁜 컬러라고 생각했는데 내게는 칙칙할 수도 있다. 아무리 멋스러운 옷이라도 나에게 어울리지 않으면 소용없는 것처럼 책도 마찬가지다. 아무리 베스트셀러라고 해도 일단 내가 재미없으면 꾸준히 읽을 수 없다.

분명히 나에게 어울리는 책이 있다. 사실 자기 취향은 본인이 가장 잘 안다. 나는 일단 가까운 서점에 들러

주변 지인들에게 추천받은 책이나 요즘 베스트셀러를 찾아서 목차부터 훑어본다. 전반적으로 어떤 내용을 다뤘는지 책의 흐름을 짐작해 보고 서문이나 첫 목차의 첫 문장부터 쭉 읽어 본다. 이때 집중이 되지 않으면 자체 2배속 빨리 감기로 빠르게 페이지를 넘긴다. 만약 이 책이 나를 다섯 페이지 이상 집중하게 한다면 곧바로 온라인 서점에 접속해 장바구니에 담는다.

온라인 서점에서 두 권 이상 사면 무료 배송에 빠르면 하루, 늦어도 이틀이면 책을 받을 수 있다. 이때 배송을 기다리는 동안 '설렘'이라는 무료 사은품은 덤이다. 이 책이 내게 어울릴지 아닐지는 한번 '입어 봐서' 확인했고, 배송을 기다리다 보면 책에 대한 기대감이 한껏 올라간다. 덩달아 빨리 읽고 싶은 마음까지 생긴다. 이러니 내가 고른 책이 지루하게 느껴질 틈이 있을까? 반대로 분명히 내게는 안 어울릴 줄 알았는데 입어 보니 의외로 잘 어울리는 옷이 있는 것처럼, 재미없을 것 같아 보여도 막상 읽어 보면 흥미로운 책도 있다. 이것이 내가 무수한 카테고리의 책을 도장 깨기 하듯이 읽어갈 수 있는 (비결이라면) 비결이다.

나만의 반려책을 구매하는 또 한 가지 규칙은 딱 두

권만 사는 것이다. 이를테면 한 권은 에세이나 국내소설을 선택하고 다른 한 권은 고전문학이나 철학책처럼 읽고 이해하는 데 조금 품이 드는 책을 고른다. 물론 국내 도서라고 해서 쉽게 쓰였다는 뜻은 아니다. 번역된 고전소설이나 철학 개념이 담긴 인문서는 내 컨디션에 따라 지루한 교과서처럼 읽힐 때가 있는데, 그럴 때는 잠시 읽던 책을 덮고 에세이나 국내소설로 넘어갔다가 다시 어렵다고 느꼈던 그 책으로 돌아와 자세를 새로 고침하고 읽는다. 단, 두 권을 다 읽어야만 다음 책을 구매할 수 있다는 것이 이 규칙의 절대 조건이다. 이렇게 하면 지금 읽는 책을 어떻게든 읽을 수밖에 없다. 일종의 나 자신과 게임을 하는 셈인데 그래야 독서를 하기 싫은 숙제처럼 느끼지 않는다.

또 한 가지. 나는 평소 출퇴근 길에 그날의 반려책을 들고 다니는데, 24시간 중 특히 출근길에 독서력이 가장 반짝인다. 인간은 몸의 체력과 똑같이 하루에 정해진 뇌의 체력이 있다고 한다. 많은 사람이 아침에 눈 뜨자마자 휴대폰을, 특히 SNS를 들여다보는데, 그렇게 되면 출근할 때쯤에는 뇌의 체력이 100%가 아닌 80%인 채로 하루를 시작하게 되는 셈이다. 아무래도 그것은 너무 비효율적이다. 어차피 쓸 20%라면 책에 투자해서 더 넓은 시야와 생각을 돌려받는 게 훨씬 영양가 있는 에너지 소모가 아닐까? 나는 그래서 잠들기 직전부터 아침에 눈곱 떼기 전까지는 최대한 휴대폰을 멀리하고 에너지를 비축하려고 한다. 오로지 내 효율적인 하루를 위해서.

오늘도 외출할 때 지갑보다 책을 먼저 챙긴다. 나의 반려책들을 매일 쓰담쓰담 해 주고, 바라봐 주고, 예뻐해 준다. 아낌없이 애지중지하며 읽고 그 안에서 더 많은 생각을 채집할 수 있도록.

요즘 당신의 반려책은 무엇인가요?

책을 천 권 읽으면
천 번 사는 거라고

“책을 천 권 읽으면 천 번 사는 것”

〈왕좌의 게임〉 작가가 했던 말로,

정세랑 작가가 인생 구절로 꼽은 문장이다.

고작 1만 몇 천 원에

그런 무한한 세상을 가져다 준다는 건

실로 대단한 일이 아닐 수 없다.

한번은 '나는 왜 광고를 놓지 못하고 있는가'에 대해
곰곰이 생각해 본 적이 있다.
광고는 내가 못다 한 삶에 닿게 해 준다.
가령,
아이들이 먹는 시리얼 광고를 만들 땐
아직 결혼하지 않은 내가
아들 둘을 둔 엄마가 되어 보기도 하고,
항공사 취항지 광고를 만들 땐
아직 가 본 적 없는 나라의 토박이가 되어
동네 구석구석의 매력을 뽐낼 수도 있다.

책도 광고도
가끔은 이리도 너그럽게
수많은 삶을 빌려주곤 한다.

아이쿠!

하이쿠

일본 고유의 5.7.5 정형시인 하이쿠를 처음 접한 건 대학교 카피라이팅 수업 때였다. 한 번은 '봄'을 주제로 30분간 하이쿠를 써 보는 시간을 가졌는데, 교수님은 제자들의 습작 시를 하나하나 읊어주시다가 내가 지은 시를 보시곤 이내 웃음이 빵 터지시고 말았다.

"스미는 햇살
봄을 걷는 연인들
또 나만 없네"

캠퍼스 커플 한 번 해 보지 못한 내재된 한이 제대로 전달된 건지 교수님의 낭독이 끝나자마자 강의실 전체가 웃음바다가 됐다.

15세기에 시작된 하이쿠는 초창기엔 언어유희에 가까운 시로 받아들여졌다고 한다. 당시 아무도 인정해주지 않았던 하이쿠를 예술 선상에 끌어올린 사람이 바로 하이쿠 문학의 대표적 성인 '마쓰오 바쇼'다. 그때부터 읽으면 읽을수록 삶의 심도가 느껴지는 하이쿠의 매력에 푹 빠지고 말았다. 그 시절에 접한 《바쇼 하이쿠 선집》을 10년이 훌쩍 지난 지금까지도 틈틈이 꺼내

읽곤 한다.

나는 마음속에 '아이쿠'가 터져 나올 때 '하이쿠'를 찾는다. 미친 듯이 업무가 쏟아질 때, 도저히 생각이란 걸 할 틈이 안 보일 때, 사람으로 인해 마음에 상처를 입었을 때, 내가 가진 모든 인류애가 바닥 난 느낌일 때, 마음이 멍해지고 마음에 멍이 들 때. 즉 '아이쿠'가 터져 나올 때라는 건, 한마디로 말하자면 모든 감각이 무너졌을 때다. 하이쿠를 읽을 때면 시를 읽을 때처럼 시각부터 청각, 촉각, 미각, 후각까지 자극을 위한 자극을 받는데, 종종 나는 그 자극에 치유된다.

《바쇼 하이쿠 선집》에서 가장 애정하는 하이쿠는 이것이다.

"내리는 소리
귀도 시큼해지는
매실 장맛비"

바쇼는 매실이 익을 무렵, 오뉴월에 내리는 장맛비를 이렇게 표현했다. 매일 쉬지 않고 지겹게 떨어지는 비 때문에 '귀에서 신맛이 난다'라는 의미도 함께 전한다. 실제로 처음 이 하이쿠를 읽는 순간 정말 창밖에 장맛비가 쏟아지고 혀끝이 시큰해지는 것 같았다. 이렇게 글만으로도 내 모든 감각을 사로잡을 수 있다니! 어떻게 활자만으로 달팽이관부터 침샘까지 자극할 수 있는지 참으로 신기했다.

하이쿠는 쿨하다. '하이(High)쿨(Cool)'이라고 표현해도 과언이 아니다. 독자에게 무엇을 생각하라고 강요하지 않는다. 그저 말한 것과 말하지 않은 것의 사이를 가르며 지나가는 무언의 메시지를 흘려보낸다. 생각해보면 하이쿠뿐만 아니라 모든 시가 그렇다.

마지막으로 《바쇼 하이쿠 선집》에서 몇 가지 하이쿠를 소개해 본다. (각 하이쿠 아래 덧붙인 글은 도서에 실린 역자의 해설을 참조하여 옮겼다.) 혹시 이 짧은 글에서 평소와 다른 감각을 느낀다면, 나와 같이 좋은 자극을 받았다면 오늘의 '아이쿠'는 없던 걸로 하자.

“색 묻어난다

두부 위에 떨어진

옅은 단풍잎”

: 뜰에서 물두부를 먹는데 붉은 단풍잎 하나가 흰 두부 위로 떨어져서 가을의 색감을 띤 ‘단풍 두부’가 되었다.

“소리 투명해

북두칠성에 울리는

다듬이질”

: 투명한 가을 밤하늘에 별들이 가득하다. 어디선가 두드리는 다듬이질 소리가 북두칠성까지 울린다. 소리도 투명하고 별들도 투명하다.

"두 사람의 생
그 사이에 피어난
벚꽃이어라"

: 바쇼와 바쇼의 문하생 도호는 함께 보았던 눈부신 벚꽃 아래서 긴 세월 후 다시 만난 감회, 살아 있음의 경이로움을 노래하고 있다.

"몸에 스미는
무의 매운맛
가을바람"

: 내륙 나가센도의 험한 고갯길들에 부는 매서운 바람을, 그곳의 척박한 땅에서 자라 더욱 매운맛이 나는 무에 비유한 수작이다.

"객지 잠 자며 보네
덧없는 세상의
연말 대청소"

: 새해를 맞이하기 위해 분주히 움직이는 세상 사람들과 단지 방관자로서 무연하게 그들을 바라보는 여행자의 모습이 대비되면서 고독과 초연함이 동시에 전해 온다. '대청소'는 겨울의 계어이다.

봄을 주제로 하이쿠를 쓴다면

당신의 손에서는

어떤 시가 빚어질까?

생각의

곳간

많은 책을 읽고,

책에 쓰인 단어와 표현들을

한 알 한 알 줍는다.

많은 사람들을 만나고,

그들이 쓰는 문장과 단어를 잘 담는다.

그렇게 쌓인 생각을

보다 부드럽고 정교하게 탈곡한다.

채우고 덜어 내는 것.

창조는 그렇게 시작된다.

일상 채집

평소의 생각을 붙잡다

끄덕 그 덕에

힘

소통은 어렵다. 요즘 나의 최대의 고민이다. 한번은 팀장님에게 사람과 대화하는 것이 어렵다고 토로한 적이 있다. 팀장님은 "네가?"라며 어처구니없다는 표정으로 너처럼 사람과 대화를 잘하는 사람이 어디 있느냐며 다정한 핀잔을 주셨다.

내 고민은 단순히 '사람과의 대화가 어렵다'는 것은 아니다. '말하는 것이 두렵다'는 더더욱 아니다. 나는 오히려 말하는 것을 굉장히 좋아한다. 웃어른이든 처음 만나는 사람이든 상대에게 말 붙이는 일이 내게는 어렵지 않다. 특히 어른과의 대화는 늘 온당한 교훈만 남는다고 생각하는 편이다. 지혜롭고 다정한 어른에게서는 '나도 저런 부분을 닮아야지' 하며 배우고, 좋지 않은 화법과 버릇을 가진 어른에게서는 '저런 모습은 닮지 말아야지' 하며 그를 반면교사 삼아 배운다. 그러니 어른과의 대화는 무조건 남는 장사가 맞다.

바야흐로 코로나가 왕성했던 비대면의 시대에 예고도 없이 불쑥, 소통의 고통은 찾아왔다. 작은 표정과 손짓 하나 없이 오로지 목소리와 글자로만 말의 의도를 명확히 전달하기란 쉽지 않았다. 분명 다정하게 말한 것 같은데 받아들이는 사람은 내 의도와 다르게 느끼는 경우가 자주 벌어졌다. "미희 카피님은 실제로 만났을 때와 온라인에서 만났을 때의 온도 차가 참 크네요"라는 서운한 소리도 몇 번 들었다. 한 끗 차이로 '이해'가 '오해'로 바뀌는 경우가 빈번해지니 매우 곤란해졌다. 이러니 소통이 고통이 아닐 수 없었다.

아주 친절하게 주어와 목적어, 보어까지 적용한 대화에 적응될 때쯤, 코로나가 잦아들고 다시 대면의 시대가 찾아왔다. 드디어 마주보고 회의를 하게 된 것이다. 그러나 여전히 마스크는 방패처럼 쓰였고, 마스크 속에서 어떤 일이 벌어지고 있는지는 알 수 없었다. 그런데 한번은 어느 회의에서 의견을 열심히 피력하던 나에게 기획자 한 분이 눈을 마주치며 고개를 정성스럽게 끄덕여 주었다. 그 순간 그가 내 말에 진심으로 귀 기울여 주고 있다고 느꼈다. 심지어 그의 끄덕임이 클수록 더 깊게 내 이야기를 들어주는 것처럼 느꼈고 내 주장에 조금 더 무게가 실리는 느낌이었다.

하늘을 향해 턱을 2cm 정도 들었다 툭 떨어트리는 그 단순한 반복 행위가 소통의 숨통을 트여 준다. 나의 끄덕임은 다시 상대방의 자신감으로 이어진다. 소통이라는 배는 넓은 바다 위를 순항한다. 끄덕끄덕, 그 덕에

선한 영향력이 이어진다. 끄덕끄덕, 그것은 이 시대의 소통 만능 치트키였다.

'끄덕끄덕'이 언어가 된다면 "맞아요"일 것이다. 논쟁이 필요한 상황이더라도 "맞아요. 그 의견도 맞지만—"을 기분 좋게 붙이면서 내 생각과 의도를 정확히 전달하는 것은 대화나 회의에 활기를 주는 방법 중 하나다. 무턱대고 "그 말이 아니라" 또는 "그게 아니라" 로 시작하는 화법은 상대방에게 순간의 반감만 불러일으킬 뿐이다. 그렇다고 해서 의미 없는 끄덕임으로 피상적이고 헛헛한 대화를 하자는 것은 아니다. 좋은 감화력을 만들자는 것이다. 상대에게 좋은 영향을 불어넣고 각자의 생각과 감정이 바람직하게 나아갈 수 있도록. 그런 점에서 끄덕끄덕, 이 작은 움직임은 나를 위하고 상대를 위한, 유연하게 소통할 수 있는 건강한 대화의 기술이 아닐까?

주제넘다

개인의 역량이 중요해진 세상이다. 'MZ세대'라는 한 집단의 개념이 나왔다. 이들은 개인의 세계를 중시하고 자기 생각을 표현하는 데 거침없으며 구태여 단체에 속하기 위해 애쓰지 않기도 한다. 그래서 그런지 종종 이들이 솔직한 자기 주장을 펼칠 때 누군가는 '주제'를 운운하며 혀를 찬다. 이를테면 아직 어린 주제에, 학생 주제에, 아직 사회 생활도 제대로 안 해본 인턴 주제에 같은 말들로 이들의 행동에 브레이크를 건다.

"주제넘다."

이 말은 썩 유쾌하게 들리지 않는다. 왠지 모르게 건방지다고 트집을 잡는 것만 같다. 하지만 이 표현에 대해 다시 한번 생각해 볼 필요가 있다. 주제넘는 것이 무조건 잘못된 걸까? 선을 넘는 것은 나쁜 행동일까? 그렇다면 그 선의 기준은 무엇일까? 그 기준은 누가 정하는 걸까? 이어서 이런 고민도 해 본다. 선 넘지 않기 위한 노력이 외려 내 가능성을 낮추지 않을까? 주제넘다는 생각으로 행동하지 않는 것이 도리어 내 가능성이 자라지 못하게 스스로 선을 긋는 것은 아닐까?

달리 생각해 보면, 주제넘는 사람이란 자신의 한계를 넘는 사람이다. 물론 한곳만 보고 정진해서 목표한 바를 이루고 그 분야의 최고점을 찍는 사람도 존경스럽다. 하지만 나는 높이보다 넓이를 볼 줄 아는 사람이 훨씬 더 멋있다고 생각한다. 지속적으로 자신의 능력을 뛰어넘고 다양한 분야를 넘나들 줄 아는 사람이 진짜 삶의 전문가처럼 보인다.

내가 만난 주제넘는 사람들 대부분은 상당한 지식과 경험치를 가진 전문가들이었다. 이들을 쭉 지켜본 결과, 기본값으로 '열정 모드'가 깔려 있으며 관심사가 매우 다양했다. 이들은 주제에 벗어난 엉뚱한 행동을 곧잘 하며 어디로 튈지 알 수 없지만 늘 톡톡 튀는 아이디어를 가져왔다. 가끔씩 다 끝난 얘기를 들쑤셔서 피곤하게 하기도 하지만 결과적으로 더 좋은 결과물을 내놨다.

예전 직장에서 함께 일했던 한 팀장님은 철들기를 마다하던 '피터팬 증후군'이었다. 정말 어디로 튈지 알 수 없는 사람이어서 오히려 20년이나 덜 산 내가 잔소리를 하는 쪽이었는데, 그분이야말로 앞서 말한 의미로 '주제넘는' 팀장님이었다. 평소 광고 외에도 관심사가 풍부했다. 늘 반짝이는 아이디어를 갖고 있었고, 전에 해 본 적 없던 아이템을 떠올리고 매번 새로운 분야에 도전하는 모험심도 가득했다. 그뿐만 아니라 어떤 급박한 일정의 프로젝트가 들어와도 누구보다 순발력 있게 대처하는 능력이 있었다.

점점 일의 경험치가 쌓이면서 일만 하고 살 순 없다는 것을, '프로일탈러'가 '프로일잘러'가 된다는 것을 깨닫는다. 어릴 적 공부 잘하는 애가 놀기도 잘 놀았던 것처럼 일 잘하는 사람은 놀기도 참 잘 논다. 그러니 가능하면 밖으로 나가서 다양한 주제를 탐험하고 경험해보는 것이 좋겠다. 내 가능성은 어디에서 터질지 알 수 없으니 하나를 깊이 있게 파는 건 조금 나중으로 미뤄도 괜찮지 않을까? 어느 '주제'에서 입질이 올지 모르니 이곳저곳에 자리를 잡고 다양한 가능성을 낚아보자.

주제넘다 = 한계를 넘다

'요즘' 어때?

너는 원래 추위를 잘 타?
너는 피자보다 치킨을 더 좋아해?
너는 항상 뜨거운 아메리카노를 마셔?

나는 원래 이랬던가?
예전에는 그랬지만 지금은 그렇지 않다.
지금은 이렇지만 나중에는 이렇지 않을 수 있다.

이럴 때 '요즘'을 붙이는 것만큼
배려 있는 질문은 없다고 생각한다.

너는 '요즘' 추위를 잘 타?
너는 '요즘' 치킨 좋아해?
너는 '요즘' 뜨거운 아메리카노를 마셔?

언제든 바뀔 수 있는 나를 알아주는
섬세하고 다정한 질문.
그리고 나도 나를
3N년째 알아 가는 중이다.

재능보다
재미

"광고 쪽 일은 재능이 있어야 할 수 있지 않나요?"

광고업을 지망하는 사람들에게 흔히 받는 질문이다. 대부분 질문을 빙자한 현실적인 고민이긴 하지만 아주 건강한 고민이라고 생각한다. 사람들 대부분은 본인이 창의적인 것과 거리가 멀다고 여긴다. 그리고 이런 질문을 받을 때마다 많은 사람이 창의성에 대해, 광고라는 일에 대해 크게 오해하고 있다고 느낀다. 보통 광고를 만드는 일은 선천적으로 톡톡 튀는 아이디어가 무릎 조건 반사처럼 툭툭 나오는 사람들만 잘할 수 있다고 생각하는 것 같은데 실제로 모두가 그런 것은 아니다.

날 때부터 창의적인 사람은 없다. 실제로 IQ 150인 사람이 IQ 100인 사람보다 무조건 더 창의적이라고 보긴 어렵다. 물론 IQ가 높은 사람일수록 창의력이 좋을 확률은 더 높겠지만(웃음), 꼭 재능이 있어야 광고 일을 잘하는 건 아니다. 10년 가까이 카피라이터로서 일해 보니 '재능'보다 더 중요한 건 '재미'다. 스스로 어떤 분야에 흥미를 느끼고 있는지를 먼저 알아야, 그 분야를 알고자 하는 욕구와 호기심이 생겨야 일을 더 잘해 나갈 수 있다.

'잘하는' 것보다 '잘하고 싶은' 것.

그 마음이 이 일을 오래 할 수 있게 만드는 강력한 힘이다. '짬에서 나오는 바이브'라는 말이 유행처럼 번진 데는 다 이유가 있다. 이 말에는 누군가가 한 분야에서 오랜 시간 쌓아 온 경험치에 대한 존중이 담겨 있다고 본다. 무엇이든 오래 지속하는 일이 굉장히 어렵다는 것에 많은 사람이 공감한다는 방증이다. 결국 어떤 일에 부단히 재미를 느끼고 꾸준히 하다 보면 자연스럽게 그 일에 대한 경험치가 쌓이고, 어느덧 그 분야에서 '창의적인 사람'이라고 불리는 나를 발견할 수 있다.

뇌 과학에서 '지능'은 기존 지식을 빠르게 습득하는 능력이고, '창의성'은 기본적인 지식을 꾸준히 익히고 문제가 닥쳤을 때 해결할 수 있는 능력을 말한다고 한다. 단순히 지식을 아는 것에서 더 나아가 지식을 다룰 줄 아는 것이 창의성이라는 말이다. 이 능력은 자신이 하는 일에 재미를 느낀다면 후천적으로 충분히 기를 수 있다.

나는 출근할 때 일터가 아닌 '놀이터'에 간다고 생각한다. 어린 시절에는 놀이터에 간다는 사실 자체로 설렜고, 오늘은 놀이터에서 어떤 신나는 일이 펼쳐질지 기대했다. 어떤 놀이기구에 올라탈지 고민하는 것이 즐거웠다. 지금도 내가 담당하는 브랜드 하나하나를 각기 다른 놀이기구라고 생각하곤 한다. 어떤 브랜드는 올라탈 때 위험을 감수해야 하지만 최고점에 이른 순간 짜릿함을 주는 정글짐으로, 어떤 브랜드는 반복되는 움직임이 좀 지루해 보여도 안온한 바람과 여운을 주는 그네로, 또 어떤 브랜드는 누군가와 함께 탈 때 재미있는 시소로 생각해 보는 것이다. 너무 스트레스 받지 않고 재미를 발견하며 일할 수 있도록. 지나친 노력 금지! 과도한 집중 금지! 오직 그 일이 주는 즐거움을 찾아 거기에 주목해 생각할 것!

한 전통 예술가가 이런 말을 했다.

'전통은 지키면 아름답고 깨부수면 재미있다.'

'깨부수면 재미있다'라는 말을 되새겨본다. '이 일은 어려워, 재미없어, 어차피 나는 못 해'가 아닌 나라는 한계를 깨트려 볼 수 있는 기회라고 생각해 보면 어떨까? 그렇게 세상에 다양한 재미를 찾아가 보는 것도 좋겠다. 어쩌면 무슨 일이든 그 속에 숨겨진 재미를 발견하고 그것을 좇으려고 마음먹은 것부터 재능의 시작일지도 모르니까.

모르고리즘

아니고

알고리즘

알고리즘 고 녀석, 참 고맙다. 내 관심사가 무엇이고 내가 어떤 취향을 가졌는지 알아서 잘, 딱, 깔끔하고, 센스 있게 찾아서 바쳐주니 말이다. 나는 그저 잘 차려진 영상에 흐름이 끊기지 않도록 100% 충전된 기기와 체력만 준비하면 된다.

우리는 이미 알고 있다. 알고리즘이 내 입맛에 딱 맞게 찾아 준 이 스낵 콘텐츠가 얼마나 달콤한지를. 이 자극적인 맛에 한번 빠지면 얼마나 위험한지를. 과자가 입에는 맛있지만 사실 건강에 좋지 않다는 것쯤은 초등학생도 안다. 그렇지만 광고업계에서 알고리즘은 아주 중요하고 소중하다. 광고 타깃의 관심사에 따라 광고를 효과적으로 노출할 수 있기 때문이다. 만일 식기세척기 광고를 만들어 유튜브 매체에 돌린다고 가정해 보자. 유튜브 검색창에 '식기세척기'를 검색한 사람이나, 상품의 주 고객인 30~40대 주부 혹은 신혼부부를 타깃으로 하여 그들의 관심사에 맞게 광고를 운영하면 판매 측면에서 훨씬 더 효과적인 결과를 가져올 수 있다.

비단 '식기세척기'를 검색한 사람들만을 대상으로 광고를 '태우는' 것만 효과적인 것은 아니다. 다른 서브 타깃을 설정하면 효과는 배가 된다. 보통 식기세척기를 사용하는 사람은 평소에도 요리를 좀 하는 사람일 확률이 높다. 이때 전략적으로 '집밥 레시피'를 검색한 사람들에게 노출하는 것으로 타깃을 더 좁혀 볼 수 있다. 좀 더 들어가 바쁘다 바빠 현대 사회에서 1분 1초까지 쪼개서 운동하는 사람들은 어떨까? 단백질 셰이크 찌꺼기가 묻은 텀블러를 설거지할 시간에 10분이라도 아껴 운동하는 사람들도 타깃이 될 수 있지 않을까? 이처럼 주어진 알고리즘을 활용해서 더 치밀한 광고 운영을 고안해 볼 수 있다. 이런 식으로 알고 쓰는 알고리즘은 더할 나위 없이 든든한 아군이 된다.

이처럼 알고리즘이나 AI 기술이 생겨나면서 몸은 매우 편해졌고, 업무에 도움을 얻기도 하지만 내 마음은 여전히 좀 불편하다. 솔직히 말하면 두렵기도 하다. 조만간 머지않은 미래에 AI가 내 결정과 의지를 온통 집어삼킬 것만 같아서. 그래서 차라리 알고리즘을 내 편으로 만들기로 했다. 발전하는 알고리즘과 AI 기술의 힘을 인정하고 역으로 이용해 보기로 한 것이다.

'AI가 당신의 일자리를 뺏는 것이 아니라,
AI를 사용하는 사람이 당신의 일자리를 뺏는다.'

전 직장 팀장님이 보내 준 한 기사의 헤드라인이다. 인정할 수밖에 없었다. 알고리즘과 AI를 꾸준히 공부해야 한다는 사실을. 이 기사 덕분에 AI 입덕 부정기를 거쳐 잘 활용해 보기로 마음먹었다.

내가 속한 TBWA KOREA는 챗GPT와 유사한 기능을 가지고 있으면서 시장 배경과 문제 상황을 입력하면 알아서 전략을 짜주는 GPT툴 내지는 작업자가 상상한 이미지를 문장으로 입력하면 이미지를 생성해주는 AI 기술 서비스를 개발하여 직원들에게 제공하고 있다. 아직 기술이 서툴지만 충분히 써 봄 직하다.

3시간 넘게 고민해야 나오던 카피가 이제는 1분도 지나지 않아 100가지가 넘게 쏟아진다. 아직까지는 업무에 그대로 적용할 수 있는 수준이나 깊이는 아니지만 어느 정도 치환할 수 있는 기본 덩어리는 만들어 준다. 어쨌든 내가 어떤 레퍼런스를 찾고 있는지 금세 눈치 챈 알고리즘 덕분에 이제 더 이상 오랜 시간 엉덩이 아프도록 앉아 있지 않아도 된다. 알고리즘이 내 노력을 알아주며 시간을 아껴 주고 있다.

Francfranc

알고 쓰는 알고리즘의 힘은 무척 세다. 이제는 알고리즘을 인정하고 써먹을 줄 알아야 한다. 나는 글을 쓰는 카피라이터이지만 동시에 크리에이터로서 최근에는 AI 아트 기술까지 열심히 연마 중이다. 여전히 너무 어렵지만 이 친구가 아군이 된다면 어쩌면 나의 어마어마한 경쟁력이 되어 줄 수 있을지도 모른다.

삶에.

이름.

"대리님, 파일 드렸어요!"

옆 팀 인턴이 자기 자리에서 외치는 소리가 들렸다. 당최 어떤 대리님을 부른 건지 알 수 없었다. 그 당시 같은 인턴이었던 나는 갑자기 의문이 들었다. 왜 부모님이 지어 주신 지극히 귀한 이름이 있어야 할 자리에 감히 직위나 직책 따위가 제집 안방처럼 자리를 차지하고 있는 걸까? 아무리 회사라고 해도 이름을 잃으면서까지 일하고 싶지 않다는 건강한 반항심이 솟았다. 나는 그 순간, 나를 잃지 않고 일하기 위해서는 이름을 불러야겠다고 생각했다.

나는 지금도 회사에서 누군가를 부를 때 이름과 직함을 꼭 붙여 부른다. 예를 들어 CCO 님의 성함이 '박○○'이면 '○○ CCO님'이라고 직함 앞에 꼬박 이름을 붙인다. 어쩌면 사회성이 없어 보이거나 자칫 무례해 보일 수도 있지만 역할 따위에 이름이 밀리는 것이 싫다. 이름을 부르는 건 내가 상대를 존중하는 방법 중 하나다.

다행히 광고대행사는 상대의 이름 정도는 가볍게 넣어 부를 수 있는 수평적 구조의 분위기다. 하지만 나도 국장님부터 상무님, 전무님을 포함한 임원급 직위부터는 그분들의 이름을 붙여 부르는 것이 쉽지만은 않다. 그럼에도 불구하고 꿋꿋이 이름을 붙여 부르려고 노력하는 편이다. 일터는 내가 영위해야 할 삶에서 결코 제외할 수 없는 영역인 만큼, 더더욱 '나'라는 존재를 일깨우는 이름이 회사에서도 꼭 지켜졌으면 한다. 사회적 영역에 사적 영역을 침범하도록 놔두자는 의미는 아니다. 그곳이 회사이든 어디든 간에 내가 선 곳에서 나라는 '존재'를 지키자는 것이다.

물론 가족도 예외는 아니다. 내 어머니의 성함은 '김선미'로, 한자로 착할 선(善)에 아름다울 미(美)를 쓴다. '착하고 아름답게 자라라'는 뜻을 가졌다. 어머니는 아무래도 이름이 가진 뜻 그대로 자라신 것 같다. 실제로 내 어머니 선미 씨는 이름의 뜻 그대로 얼굴도 마음씨도 천사처럼 고운 사람이다. 적어도 내게는 그렇다.

아버지는 이룰 성(成)에 비로소 시(始)와 빛날 환(煥)을 쓴다. '비로소 환하게 이루리라'라는 아주 반짝반짝한 뜻을 가졌다. 3N년 동안 지켜본 바로 '가부장'이란 단어와는 절대 거리가 먼 남자다. 본인이 깨끗이 설거지해 놓은 그릇만 봐도 행복해하는 사람이다. 지금도 내 휴대전화 속에 두 분은 '엄마'와 '아빠'가 아닌 '선미 씨'와 '시환 씨'로 저장되어 있다.

한번은 친할머니께 "영규 할머니!"라고 했다가 "에끼!" 소리를 듣긴 했지만 끝끝내 당신은 웃으셨다. 오랜만에 손녀 덕에 자신의 이름 석 자가 불려서 기분이 썩 좋다는 반응이었다. 나는 그저 할머니가 고운 이름을 잃지 않길 바랐다.

성미희. 나는 이룰 성(姓), 아름다울 미(美), 기쁠 희(喜)를 쓴다. '아름답고 기쁘게 삶을 이루어라'라는 뜻이다. 할아버지가 지어주셨고, 부모님이 선택하셨다. 마음에 든다. 적어도 이 이름값 그대로 살려고 노력 중이다. 종종 이름의 의미를 까먹고 있다가도 누군가 내 이름을 다정하게 불러주었을 때 비로소 내가 되는 기분이 든다.

그런 의미에서 모든 사람이 자신의 이름이 품은 귀한 의미를 곱씹어 보았으면 한다. 순 한글이어도 좋다. 저마다 수려한 인생의 뜻과 방향을 품고 있을 테니까. 특히 회사에서 이름 하나 부른다고 뭐가 달라지겠느냐고 생각할 수 있지만 어쩌면 이름 하나만으로 팀 내 공기가 달라질 수 있다. 내일부터라도 옆 자리에 앉은 대리님을 "효주 대리님"이라고, 뒷자리의 팀장님을 "병욱 팀장님"이라고 정답게 불러보면 어떨까? 존중하는 마음을 가득 담아서, 그 마음이 닿을 수 있도록.

이름 명(名)엔 저녁 석(夕)에 입구(口)가 있다.
깜깜한 저녁 식사 시간이 되면 잘 보이지 않는
아이를 불러야 할 때 필요한 것이 이름이라고 한다.

장례식 콘서트

"무슨 축제가 열리고 있는 건가요?"

"축제가 아니라 장례식입니다."

EBS 교양 프로그램인 〈세계테마기행〉 중 인상적으로 기억하는 장면이다. 이 장면 속 대화는 가볍게 보면 빠른 태세 전환이 필요한, 그저 웃기고 슬픈 상황처럼 보이지만 우리 삶에 묵직한 질문을 던지는 매우 중요한 문장이라고 생각했다.

'축제'와 '장례식'이라는, 이리도 이질적인 두 개념을 동위 선상에 둔 이야기를 처음 접한 건 대학교 전공 수업 때였다. 강의 명은 〈종교와 축제〉였다.

'장례식은 하나의 축제다.'

장례식은 자주 만나지 못했던 친척, 친구들과 오랜만에 해후하게 되는 장이자 까맣게 잊고 살던 사람부터 잊고 있던 추억까지 삽시간에 만날 수 있는 장이다. 한 사람의 죽음을 위로하기 위해 모인 사람들이 슬픔과 함께 서로 반가움을 느끼고 서로의 추억을 나누는 아이러니한 공간. 그래서 장례식은 어쩌면 하나의 축제라는 것. 장례식이 슬픈 의례가 아니라 기쁨의 축제라니. 죽음이란 것이 꽤 낯설고 두려웠던 20대 초반, 그때 이 이야기는 대단히 흥미롭지 않을 수 없었다.

그 신선한 충격은 30대에 이른 후에도 계속되었는데, 최근 소중한 친구의 부친이 소천하셨을 때였다. 친구를 위로하기 위해 찾아간 장례식에서 못 본 지 오래된 직장 동료들, 20대 시절을 깊게 공유했던 친구들을 만났다. 지극히 애달픈 공간에서 유난히 반가운 마음을 함께 나누었다.

집으로 돌아가는 길에 대학 시절에 들었던 '장례식은 곧 축제'라는 말이 다시금 떠올랐다. 그리고 문득 내 죽음을 떠올려 보았다. 나의 장례식은 축제가 되었으면 좋겠다고 생각했다. 내 명복을 빌어줄 사람들이 조문객이 아니라 관객이 되었으면 좋겠다고. 내 장례식에서는 내가 사랑하는 사람들이 많이 웃었으면 좋겠다고. 나와 나눈 추억을 넉넉히 곱씹으며 행복했던 기억만 나누고 그들에게 좋았던 기억만 남기를 바랐다. 홀린 듯 휴대폰 메모장을 열어 내 장례식장에 띄울 편지를 써 보았다.

To. 성미희의 장례식을 찾아주신 관객 분들께

성미희 축제에 오신 것을 환영합니다!

지금 이곳에 성미희가 사랑하는 사람들, 성미희를 사랑하는 사람들이 시끌벅적하게 모였습니다. 오랜만에 보는 얼굴도 있네요. 반가워요. 잘 지내셨죠? 저도 잘 지냈습니다. 자주 만나진 못했지만, SNS로 서로 소식 많이 주고받았잖아요. 새해 인사도 보냈고요. 아, 못 받으신 분들도 계시다고요? 무소식이 미희 소식입니다. 이곳에선 서로 반가운 마음과 웃음을 숨길 필요는 없습니다. 시끄럽게 웃고 싶은데 영 도리가 아닐까 봐 걱정되신다고요? 괜찮아요. 여기선 웃는 게 도리입니다. 저에게 미안해하지 않으셔도 돼요. 입장료도 내셨잖아요? 그 대신 낸 만큼만 웃으시구요. (웃음)

여러분, 성미희라는 사람을 떠올리고, 함께했던 시간을 끄집어내고, 추억을 곱씹어 주세요. 꼭꼭 씹다 목이 꾹꾹 메면 술 한잔 가볍게 내려 주시고요. 성미희의 장례식을 실컷 즐겨 주세요. 살아 있는 동안 제 인생에 함께해 주셔서 아주 기뻤습니다. 고맙습니다. 사랑합니다.

사람이 죽으면 '돌아갔다'라고 표현한다. 왔던 곳으로 되돌아간다는 의미다. 우리는 어디에서 왔고 어디로 가는 걸까? 저마다 품은 삶의 가치관에 따라 다를 것이다. 내가 어디서 왔고, 왜 여기 있고, 앞으로 어디로 갈지는 나도 잘 모르겠다. 천국에 갈지, 열반할지, 흙의 자양분이 될지 혹은 내가 가진 세포들이 물과 하나가 되어 바다로 갈지, 산 정상의 고요한 돌로 태어날지, 다시 사람으로 태어날지, 누군가의 귀여운 반려동물로 태어날지 지금도 나는 정하지 못했다.

솔직히 아직까지는 죽음이 그리 가깝게 느껴지진 않는다. 다만 언제일지 모르겠지만 죽음이 코앞에 다가왔다고 느낄 때쯤, 그때의 내가 살아가는 방식에 따라, 바라보는 곳에 따라 죽음을 정의해 보려고 한다. 스스로 정하는 죽음은 자못 의미가 깊고 재미있지 않을까?

미리 편지를 써보자.

언젠가 열릴 당신의 콘서트를 찾아 올,

조문객이 아닌 관객을 대상으로 아주 유쾌하게!

To. ○○의 장례식을 찾아 주신 관객 분들께

축제에 오신 것을 환영합니다.

인생 공식

{삶-사람=0}

'사람을 빨리 말하면 삶'

이라는 말이 있다. 나는 이야기가 있는 사람을 참 좋아한다. 그리고 모든 사람에게는 이야기가 있다. (이 정도면 그냥 사람을 다 좋아한다는 말이다.) 이어령 선생님은 자신의 책 《마지막 수업》에서 이런 말씀을 하셨다. 큰 이야기는 '사람이 태어나서 죽었다'가 전부이자 모두가 다 똑같다고, 결국 차이는 작은 이야기 속에서 드러난다고. 결국 삶이라는 건 '사람이 살았다. 그리고 죽었다'로 풀어내기엔 너무도 많은 이야기가 생략되어 있다. 오늘 하루만 해도 그렇다. 우리는 각자 매일 1분 1초가 다른, 전쟁 같은 삶을 산다. 한 사람이 겪는 하루하루는 겉으론 평범해 보여도 들여다보면 매 순간 대단한 이야기가 진행되고 있다.

가령, 어느 날 갑자기 화장실 전등이 나가는 바람에 빛 한 줌 들어오지 않는 깜깜한 어둠 속에서 오직 휴대전화 플래시에만 의지해 샤워를 하고도 전등을 교체하는 걸 자꾸 깜빡해서 며칠째 어둠 속 샤워만 반복하다가, '내일은 꼭 새 등을 사야지' 다짐하며 잠든 침대에서 눈을 뜬 후에 전등을 사러 나갈까 말까 수만 번을 고민하고는, 마침내 귀찮음을 이겨 내고 밖으로 나가서 사 온 새 전등으로 등을 교체하던 찰나, 발을 디디고 있던 변기 뚜껑이 맥없이 부서져서 다시 변기 사이즈를 재고 새 뚜껑을 사 와서 결국은 변기 뚜껑과 전등 모두를 무사히 교체하고 출근했다…라는 이 이야기는 불과 2시간 전에 벌어진, 방금 나온 점심 밥보다 따끈따끈한 우리 팀 부장님의 이야기였다. 이처럼 누군가의 하루는 그 어떤 재난 영화보다 긴박하고, 생생하고, 심지어 마지막에 벅찬 감동까지 선사한다. 나는 아침부터 이 대단한 일을 해내신 부장님을 위해 마치 시사회에 온 관객처럼 진심을 다한 박수를 보냈다. 이렇듯 저마다의 일상은 구석구석 톺아 보면 하루 반나절도 드라마다.

만약 삶이 드라마 한 작품이라면 태어난 순간이 첫 방송일 것이다. 852회로 마무리한 드라마도 있는데 100세 시대에 100회라고 못 만들까? (1990년에 시작한 KBS 전원 드라마 〈대추나무 사랑 걸렸네〉는 2007년 852회를 끝으로 대단원의 막을 내리며 17년 방영이라는 역대 가장 긴 역사를 자랑하는 드라마로 남았다.) 첫 방송의 첫 장면이야 내가 만들 수 없는 것이지만 끝은 다르다. 그렇다면 내 인생의 엔딩 신을 어떻게 만들면 좋을까? 나는 내 인생의 마지막회를 어떻게 끝내고 싶은가? 어쩌면 인생 최종화를 고민해보는 것도 삶에 있어 중요한 숙제가 아닐까?

내 인생이라는 드라마에서 나라는 주인공의 서사는 위기에 봉착하고 시험에 들기도 할 것이다. 그 속에서 주인공은 많이 괴로워하거나 많이 울 수도 있다. 하지만 우연히 또 다른 등장인물에게 도움을 받기도 하고, 기적 같은 순간을 마주하기도 하며 실컷 웃기도 할 것이다. 무엇보다 가장 강력한 테마인 '사랑'이 있을 테고. 단 한 가지 분명한 것은 주인공 혼자만 등장해서는 긴 시간 스펙터클한 서사를 써 내려갈 수 없다는 점이다. 이야기 속에 많은 사람이 등장해서 서로 얽히고 설켜야 서사는 풍부해지고 주인공이 느끼는 감정도, 인물의 깊이도 깊어진다. 그리고 내 이야기의 해피엔딩은 정해져 있고 나는 그 과정 속에 있다고 믿는다.

뻔한 이야기이지만 아무리 '인생은 혼자!'라고 외치는 사람도 결국 다른 사람들과 부대끼고 살 수밖에 없다. 때로 인생은 팔팔 끓는 부대찌개 같다고 생각한다. 깍둑 썬 두부부터 문어발 소시지와 베이컨, 떡, 라면 사리 등 여러 가지 재료가 들어 있어야 찌개가 진하고 얼큰하게 맛있어지는 것처럼 인생도 그런 거라고. 제각각 다양한 사람들이 모여 살 때 인생도 맛있어질 거라고. (어쩌면 자발적 외로움을 추구하는 것도 사람들 사이에 있기에 할 수 있는 조금은 사치스러운 감정이 아닐까?)

《생각하는 개구리》라는 동화책에서
이런 대화가 오간다.

"너는 내가 있으니까 '너'인 거야."
"네가 너만 있으면 '너'가 될 수 없어."
"나도 네가 있어서 '너'가 될 수 있는 거야."
"내가 나만 있다면 '너'는 될 수 없을 거야."

너, 나라고 불리기 위해선 분명히 누군가가 필요하다.
'우리'가 되는 데에는 '너'와 '내'가 필요하다.
이런 풀이대로라면 인생 공식은
[삶-사람=0]이 맞지 않을까?

살아진
낙엽

눈처럼 저절로 녹을 리도
번개처럼 번쩍 사라질 리도 없는
가을 낙엽.

혹시 가을 길, 우리가 낙엽을 밟고 있지 않다는 건
누군가가 열심히 흘린 땀 위를 걷고 있다는
뜻이 아닐까요?

오늘도 감사함을 걷습니다.

— 2023년, 살아 있는 가을 위를 걸으며
인스타그램에 올린 글

취미가 없는 취미

[白 취미]

취미를 정하지 않고 계속 새로운 취미를 환영하는 것. 그것이 내 취미 철학이다. 경험 한 번 해 본다는 가벼운 마음으로 시작해야 오히려 부담이 없고 다양한 취미를 맛볼 수 있다. 과거에 심취했던 취미 중 하나는 '드럼'이었다.

처음 이 악기에 관심을 두게 된 것은 우연히 보게 된 드라마 〈슬기로운 의사 생활〉의 한 장면 때문이었다. 다섯 명의 주인공들은 의대 동기이자 의사였고, 대학 시절 함께 밴드 활동을 했다는 역사가 있었다. 이들은 한 병원에서 함께 일하게 되면서 밴드 활동을 다시 시작하는데, 매회 말미에는 다섯 친구들이 모여 연주하는 장면이 흘러나온다. 그 연주 장면에서는 보컬과 기타를 겸하는 조정석이 단연 눈에 띄지만, 내 눈에는 뒤쪽에서 열심히 드럼을 치는 유연석만 보였다. 드라마 속에서는 한없이 다정한 친구였던 그가 밴드에서 연주할 때만큼은 모두의 박자를 이끄는 가장 중요한 주인공 같았다. 어느 순간 TV에서 시선을 떼지 못한 채 곧장 휴대전화를 들고 집 근처 드럼 학원을 찾아 전화를 걸었고, 그렇게 순식간에 드럼에 빠져들었다.

설레는 첫 수업, 스틱을 꼭 쥐고 선생님의 설명을 한 박자도 빠짐없이 열심히 주워 담았다. 생각보다 훨씬 더 재밌었다. 사실 내 악기 연주 실력은 피아노라면 〈젓가락 행진곡〉 정도를 겨우 칠 수 있고 리코더라면 음 이탈 없이 불 수 있는 정도의 수준이었다. 그렇게 악기 연주에 문외한이었던 내게 선생님은 태생적으로 몸 안에 '비트(beat)'를 갖고 있다며 자신감을 북돋워 줬다.

첫 수업 후 '어쩌면 나 드럼 천재일지도?'라는 생각에 조금 우쭐했지만 웬걸, 두 번째 수업이 시작되자 처음과 다르게 팔다리가 하나씩만 더 있었으면 싶었다. 복잡한 박자를 손과 발로, 따로 또 같이 따라가는 것이 쉽지 않았다. '그래도 이 정도면 초짜치고 진도를 꽤 따라간 편이지'라며 애써 스스로를 다독였다.

어느 정도 드럼 스틱이 손에 익고 세 번째 곡을 배우게 되던 날, 그날은 화가 날 만큼 드럼 연주가 되지 않았다. 기껏 미리 외워온 박자는 기억나지 않았고, 손과 발은 내 생각과 다르게 움직였다. 답답해서 미칠 지경인 그 순간에 옆방에서 환상적인 드럼 소리가 들려왔다. 내가 멈칫하자 선생님은 벽 너머의 연주자가 초등학생이라고 알려 줬다. 그 순간에도 멋들어진 드럼 소리가 내가 있던 방으로 흘러들어와 내 자존심을 푹 찔렀다. 나도 잘하고 싶은데 뜻대로 되지 않아서 속상한 마음에 선생님에게 물었다.

"쌤, 저는 왜 이렇게 박자가 안 외워질까요? 다른 성인 수강생들도 저처럼 어려워하나요?"

나와 동갑내기인 선생님은 당연하다는 듯 답했다.

"아무리 똑똑한 어른도 어린 친구들보다 진도가 느려요. 애들은 틀리든 말든 일단 치면서 몸으로 외우는데 어른들은 이 박자 저 박자 머리로 생각하면서 치려고 하니까 자꾸 막히는 거죠."

그 순간 머릿속에 심벌이 꽝 울렸다. 아, 나는 잡(job) 생각이 너무 많았구나. 취미를 일처럼 하려고 하니 이렇게 되는구나.

원래 무엇이든 알면 알수록 어려워진다. 아예 모를 때는 일단 뭐든 하기만 하면 해낸 게 되지만, 알아 버렸을 땐 이제 틀릴 일만 남아서 몸이 덜컥 겁을 먹고 긴장한다. '일단'이란 말이 먹히지 않게 되는 것이다.

선생님의 그 말은 내게 대단히 큰 울림으로 남아서 나는 그 이후부터 망설이지 않고 드럼을 연주할 수 있었고, 그렇게 점차 나만의 박자를 찾아갔다.

취미는
쫓기는 것이 아니라
좇는 것이어야 한다.
빠져드는지도 모르게 빠지는 그런 것 말이다.
너무 조급해할 필요도 없다.
취미에는 조금 너그러워져도 된다.
어떤 취미든 스스로 유연해지고
만족스러워질 수 있도록.
스스로에게 가장 잘 맞는
박자를 찾아 주면 좋겠다.
그것이 취미가 됐든,
삶이 됐든 말이다.

빼기의

패기

최근 흥미롭게 본 콘텐츠가 하나 있는데, 넷플릭스 오리지널 시리즈 〈흑백 요리사〉이다. 유명 레스토랑 셰프부터 방구석 요리왕까지, 명실상부 백수저 셰프 20인과 흑수저 셰프 80인이 맛의 대결을 하는 경연 예능이다. 개인적으로 경쟁 프로그램은 기가 많이 빨려서 좋아하는 편은 아니지만 〈흑백 요리사〉는 단순한 경연 프로그램이 아니어서 그런지 생각보다 훨씬 흥미로웠다.

출연자들이 요리하는 과정에는 그들이 음식을 대하는 다양한 태도와 철학이 담겨 있었다. 어떤 요리사는 재료 본연의 맛을 살려 본질에 가깝게 요리하는 것을 추구하는 반면, 어떤 요리사는 매번 레시피를 새롭게 탈바꿈하거나 여러 가지 스타일의 요리를 뒤섞어 재해석하기를 마다하지 않았다. 어떤 요리사가 옳고 그르다거나 어떤 요리사의 요리가 맛있다 맛없다라는 식으로 평가하고 나눌 순 없지만, 한 가지 확실한 점은 요리사 각자의 견고한 신념이 요리의 '킥(kick)'이라 할 수 있는 가장 중요한 양념이 된다는 것이다.

가장 인상 깊었던 에피소드는 '세미파이널 미션'이었다. 남아 있던 8인 중 최종 2인을 가리는 경연이었는데, 내가 응원하던 출연자 '나폴리 맛피아'는 이 미션에서

'할머니의 게국지 파스타'라는 요리를 선보였다. 게국지는 충청남도의 향토 음식으로 먹고 남은 게장 국물에 배추, 무, 늙은 호박 등을 넣어 만드는 아주 심심한 맛의 요리다. 그는 어릴 때 맞벌이하는 부모님 대신 증조할머니의 손에서 자랐다며, 기억을 더듬어 할머니가 해주시던 게국지를 육수 베이스로 삼고 당신께서 자주 드시던 알사탕을 본뜬 모양의 파스타와 쌈짓돈을 주실 때마다 꺼내던 쌈지를 닮은 배추 만두를 만들어 그만의 방식으로 재해석해 음식을 내놓았다. 그의 요리에는 할머니에 대한 추억이 곡진히 담겨 있었다.

심사위원 안성재 셰프는 그 요리를 맛본 후 게국지 재료 말고 다른 해산물을 요리에 더 넣었는지 물었다. 나폴리 맛피아는 최대한 본인이 기억하는 맛을 내려고 했고 사치스러운 재료를 넣지 않으려고 했으며 태안과 서산을 중심으로 하는 음식이기 때문에 그 지역에서만 나는 재료들만 사용해서 요리했다고 답했다. 주로 냉정한 심사평을 하던 안성재 셰프의 표정이 온화해지는 것을 보며 나는 그가 원하던 대답을 들었음을 직감했다. 그 이후 이어진 인터뷰에서 안성재 셰프의 이야기는 인상 깊었다.

"여기서 조금만 더 '어, 난 멋있게 가야지' 하고 비싼 재료들을 때려 넣었으면 역효과가 날 수 있었다고 생각해요. 그것을 뺄 수 있다는 것은 정확한 의도가 있다는 거예요. 가장 멋있는 음식이죠, 사실."

요리는 더 발전할 가능성이 있기 때문에 본인의 음식에도 90점 이상 주지 않는 안성재 셰프는 나폴리 맛피아에게 100점과 같은 90점을 주었다. 또한 충남 출신이어서 게국지 맛을 더욱 까다롭게 심사했던 백종원은 게국지에 대해 모르는 사람이 매우 많음에도 불구하고 파스타와 접목시킨 것을 두고 대단하다고 평했다.

카피라이터 3년 차 시절, 한 회사의 대표 면접에서 카피라이터는 무엇이라고 생각하느냐는 질문을 받은 적이 있다. 그때 나는 "아직 카피라이터가 무엇인지 잘은 모르지만 무언가를 더 쓰려고 고민하기보다는 덜기 위해 고민하는 사람이 카피라이터라고 생각합니다"라고 답했다. 대표는 그 연차에 이런 대답을 하는 사람은 처음이라며 나를 채용하겠다고 했다. 다만 그 당시 내게 더 좋은 기회가 생겨 그 제안을 정중히 거절했는데, 그는 이후에도 계속 내 마음을 바꾸기 위해 연락을 해왔다. 나는 그때 카피라이터라는 직업에 대한 내 철학이 누군가의 마음을 움직였다는 것이 신기했다.

무언가를 창조하는 것에 있어서 '빼기'는 참 중요하다. 입문자 시절에는 누구나 채울 생각부터 한다. 물론 그 시절에는 무엇이든 부지런히 채워야 하는 게 맞고, 그러고자 하는 태도도 필요하다. 생각의 곳간이 넉넉하게 채워져 있어야 비로소 덜 수 있기 때문이다. 그렇게 곳간을 채우다 보면 어느 순간 빼기의 필요성을 느끼게 되는데, 그 순간부터 전문가라고 불릴 자격이 갖춰진다. 물론 나도 대리 시절까지는 광고와 관련된 것이라면 기술이든 상식이든 지식이든 무조건 다 집어넣기 일쑤였지만, 양념을 지나치게 부어 넣은 아이디어는 결국 맵고 짜서 소화가 되지 않기 마련이라는 것을 깨달은 뒤로 최대한 뺄 것은 빼서 담백하게 해 보려고 한다.

사실 이 '빼기'에 대한 태도를 처음 깨달았던 것은 대학교 시절 포스터 공모전을 같이 준비했던 한 선배 덕분이었다. 그는 그 당시 포스터 안에 하고 싶은 말, 보여주고 싶은 이미지가 너무 많아서 고민하던 내게 이런 말을 했었다.

"미희야, 뭘 더 넣을 생각을 하지 말고 뺄 생각을 해."

그때 그 말이 꽤 충격적이었다. 생각하지 못했다. 왜 나는 여태껏 무언가를 더 더하고 양념을 치려고만 했을까? 그때부터 태도를 달리하려고 애썼다. 하고 싶은 말이 잔뜩 있어도 핵심이 무엇인지를 파악하고 덜어낼 부분이 무엇인지를 고민했다. 그 태도가 견고하게 다듬어져 지금까지 이어졌다. 좋은 선배를 둔 덕분이었다. 참 고마운 일이다.

'패기롭게' 빼는 것.
그것은 오직 전문가만 할 수 있는 일이다.
꼭 광고가 아니더라도 마찬가지다.

오조준(誤照準)

비가 내리 쏟아지면 더 위에서,

3시 방향에서 바람이 불면 더 오른쪽에서.

맵찬 비바람이 불수록

더욱 과감하게 오조준 한다는

국가대표 양궁 선수들.

더 용기 있게 틀릴수록

더 확실하게 맞히는 양궁처럼,

그 어떤 비바람이 닥친다 한들

나를 굳게 믿고 나의 화살을 쏘겠다!

#그리고과감한퇴근

— 2021년, 〈유퀴즈 온 더 블럭〉 양궁 국가대표
  특집 편을 보고 인스타그램에 남긴 글

CLIC!
Jean Jullien

생각의 태도를 다잡다

실패 소생술

실패의 자식은 성공이라는 말이 있다. 실수 1g조차 용납하지 못하는 완벽주의자가 들으면 혀를 내두르겠지만 나는 부지런한 실패가 더 나은 성공을 낳는다고 생각하는 편이다. TED에서 소개된 유명한 실험인 마시멜로 게임은 서로 처음 만나는 4명이 한 팀이 되어 스파게티면과 접착테이프, 실, 마시멜로 한 개를 가지고 18분이란 정해진 시간 동안 탑을 쌓아서 종료 시점에 가장 높은 탑을 쌓은 팀이 승리하는 방식이다. 유명한 CEO, 건축가, 변호사 등이 참여했지만 놀랍게도 가장 높게 쌓아 올린 그룹은 유치원생들이었다. 아무리 계획을 세우고 열심히 탑을 쌓아 올려도 두툼한 마시멜로를 올리자마자 한 번에 무너지는 그룹이 대부분이었다면, 유치원생들은 주어진 18분 동안 끊임없이 몇 개의 탑을 무너트리고 더 나은 방법을 찾아가며 끝내 쌓아 올렸다. 지속적인 실패가 우리를 가장 높은 곳으로 데려다 준다는 것을 보여 주는 결과였다.

나 또한 광고 일을 하면서 회의실에서 수많은 아이디어를 내고, 깨지고, 부서졌다. 가령 내 아이디어의 단초가 우리 팀 안에서 수용되더라도 기획 팀과의 회의에서, 실무 광고주 보고에서, 광고주 대표 보고에서 시끄럽게 사라진 아이디어와 카피가 숱하다. 하지만 이러한 실패의 조각들은 차곡차곡 내 자산으로 쌓였다.

그렇게 흩어진 아이디어나 카피들은 꼭 기억하고 기록해서 잘 쟁여 두었다가 다른 브랜드를 만났을 때 숨겨 둔 비상금처럼 꺼내곤 한다. 그때마다 의외의 빛을 발하는 카피가 꽤 많다. 그저 아직 좋은 주인을 못 만났을 뿐이지 나의 의지에 호흡 곤란이 올 때 꾸준한 실패만큼 좋은 성공 소생법도 없다.

실수하면 풀이 많이 죽는 편인 나는 한 번 실패하면 갯벌 속에 게가 숨 듯 순식간에 의욕이 사라지고는 했다. 신입 시절에 한 복합 쇼핑몰 브랜드 경쟁 PT에 참여한 적이 있는데, 밤새 졸린 눈을 비비며 슬로건을 고민하다가 '몰 그 이상의 가치, Mall & More'라는 꽤 만족스러운 카피를 생각해 냈다. 그러나 아침 회의에 그 카피를 가져갔을 때 팀장님이 명확한 이유 없이 자신의 마음에 들지 않는다며 타박을 주었고, 나는 크게 주눅 들었다. 다만 그때 '분명 이 카피도 언젠가 제대로 써먹을 날이 있겠지'라며 훼손된 의지를 스스로 보듬고 언제든 보여줄 때가 오기만을 기다렸다. 내가 자신 있던 이 카피가 정말 별로인지 다시 확인해보고 싶었다.

그 이후 이직을 했고, 때마침 복합 쇼핑몰 경쟁 PT가 들어왔다. 이때 묻어 뒀던 카피를 꺼냈다. 이번에는 새 회사의 CD님(Creative Director)으로부터 극찬을 받았다. 같은 카피인데 이리도 반응이 다르다니 놀라웠다. 우리 일은 맞고 틀리고의 문제가 아니라 그때마다 정답을 만들어가는 과정이구나. 역시 내가 틀리지 않았다는 생각에 꽤 기뻤다.

실패해도 괜찮다. 완벽한 결과가 아니더라도 원하는 결과가 나올 때까지 멈추지 않고 하는 것이 중요하다. 유도의 낙법이 보여 주는 것처럼 잘 넘어지는 법을 터득하면 다치지 않는다. 끊임없이 넘어지고 털고 일어나서 나의 길을 묵묵히 걸어가자. 실패 소생술, 지속적으로 극단의 의지에 호흡을 불어넣어 주는 일은 이토록 중요하다.

나를 울리는

울력

나는 쓰는 사람이다. 글도 쓰고, 애도 쓰고, 가끔은 춤을 추며 몸도 좀 쓴다. 뭐든 쓰는 걸 좋아하지만 그중에서도 가장 잘 쓰고 싶은 건 역시 글이다. 즉, 일을 잘하고 싶다는 뜻이기도 하다. 내 직업은 카피라이터이니까.

동시에 내 시간도 잘 쓰고 싶다. 그러나 워라밸이 존중받는 시대에 일과 삶 두 마리 토끼를 다 잡고 싶어도 현실은 녹록지 않다. 나는 아직도 무엇을 우선순위에 두어야 할지 막막할 때가 많다. 일도 잘하고 노는 것도 잘하고 싶은 마음은 정녕 욕심인 걸까?

일과 삶 모두를 잡으려면 먼저 일을 잘해야 한다. 그래야 다음 단계로 빠르게 넘어갈 수 있다. 모순적이게도 일을 삶의 우선순위에 놓지 않으려면 일을 우선순위에 두어야 한다. 일을 빠르게 잘 처리해야 삶의 더 많은 영역을 확보할 수 있다는 이야기이다. 다만 일을 위한 일은 하지 않는다. 일은 삶의 수단일 뿐 삶의 목표는 아니니까. 물론 일을 성공과 성취의 잣대로 두는 사람도 있겠지만 삶이 일에 끌려 다니기 시작하면 분명 금세 방전될 것이다. 곰곰이 생각해 보면 다 행복하자고 하는 '일' 아닌가.

그렇다면 일 잘하는 사람은 어떤 사람일까? 저마다 기준이 다르겠지만 내가 생각하는 일 잘하는 사람은 '잘 쓰이는' 사람이다. 표현이 타율적으로 느껴질 수 있는데, 내가 말하고자 하는 바는 동료들이 자발적으로 나를 찾아와 내 능력을 쓰게끔 만들어야 한다는 것이다. 즉 함께 일하고 싶은 동료여야 한다는 뜻이다.

직장에서 그만큼 매력적인 동료로 보이려면 어떻게 해야 할까? 함께 하는 태도를 잘 보여 주면 된다. 네 일 내 일이 아니라 우리가 함께 하는 일이라는 것이 잘 느껴지도록. 초등학교 운동회 때 했던 박 터뜨리기를 떠올려 보면 누군가가 옆에서 열심히 콩주머니를 던지면 나도 덩달아 불타올라 있는 힘껏 던지게 되지 않던가. 그런 내 열정이 또 다른 동료에게로 이어지는 법. 그것이야말로 동료에게 신뢰감을 강력하게 던지는 행위다.

두 번째는 '어떻게 잘하지'가 아니라 '어떻게 잘하게 만들지'에 방점을 찍는 사람이다. 혼자 일하는 것을 넘어 함께 잘할 수 있는 길을 고민하는 사람. 훗날 좋은 리더의 자양분을 만드는 방법이기도 하다. 세상에 오롯이 혼자서 할 수 있는 일은 없다. 모든 일엔 '울력'이 필요하다.

울력은 사전적 정의로 '여러 사람이 힘을 합하여 일함 또는 그런 힘'을 뜻한다. 함께 일하는 사람이 어떻게 잘할 수 있을지를 먼저 고민하면 전체적으로 업무 결과의 수준과 질은 높아진다. 동시에 내 경험치와 능력치도 자연스럽게 오른다. 그렇게 동료들은 다시 나를 찾고, 더 나아가 서로의 성장에 필요한 것을 찾아 준다.

종종 후배들이 좋은 직장의 기준을 묻는다. 최고의 직장은 연봉, 사람, 성취감(일) 이 세 가지가 교집합 되는 곳이라고 답한다. 하지만 현실적으로 대한민국에서 저 세 가지 요소 모두를 지닌 회사는 솔직히 찾기 어렵다. 나는 이중 한 가지만 있어도 취업은 성공한 것이라고 본다. 요지는 직장을 다니는 이유의 한 꼭지가 사람일 만큼 사람들과 일하는 데 울력은 매우 중요하다는 점이다.

다시 생각해 보아도 일의 원동력은 역시 '울력다짐'이다. 프리랜서도 마찬가지다. 프리랜서도 누군가는 그를 믿고 찾아야 일이 시작되고, 그는 누군가의 의견을 받아 방향을 정하고, 누군가의 최종 확인이 있어야 일이 끝난다. 결국 일은 함께 하는 것이다. 일을 끝내고자 하는 기세들이 똘똘 뭉쳐야 한 번에 끝난다.

그럼에도 불구하고
퇴근은 온다.
저녁이 있는 삶,
이 짧고 귀한 시간을 지키기 위해
오늘도 우리는
울력으로
하루를 버티고 벌었다.

강박에

반박

한때 미라클 모닝에 집착한 적이 있다. 미라클 모닝이 해외 건강 트렌드로 회자되기도 한참 전의 일이다. 그 당시 나에게 있어서 미라클 모닝은 부단히 노력해야만 하는 것은 아니었으나 일종의 강박이 생겼다. 어느 연구소에서 발표한 '아침 일찍 일을 해야 일의 효율이 커진다'는 논문 사례 때문이었다. 행여나 늦잠이라도 자면 눈 뜨자마자 스트레스부터 받았다. 정작 뇌 활성화에 중요한 수면 시간을 지키지 못해서 하루하루 피곤함이 누적됐다. 말 그대로 일찍 일어나는 새가 피곤했다.

예기치 못한 야근으로 운동하러 헬스장에 가지 못하는 날에는 환불도 안 되는데 시간도 못 지켰다는 생각에 온갖 짜증으로 하루가 도배됐다. 저녁은 꼭 8시 전에 먹었고, '자기 전 2시간'으로 정해 놓은 소화 시간은 꼭 지키려고 애썼고, 잠들기 전까지도 지금 자면 몇 시간을 잘 수 있을지 계산했다. 온갖 타임라인에 대한 강박이 꼬리에 꼬리를 물고 머릿속을, 내 일상을 지배했다.

16시간 굶고 8시간 동안 먹는 간헐적 단식부터 탄수화물은 적게 먹고 지방을 더 챙겨 먹는 저탄수화물·고지방 식단까지, 건강 식단 루틴을 이야기의 주제로 건드리면 할 말이 많다. 응당 나만의 질서를 정하면 건강한 삶을 영위할 수 있다는 점에는 동의하지만 개인적인 체질을 무시한 채 공통된 규칙을 적용하는 것은 일반화의 절대 오류다. 내 몸에 맞지 않는 규칙은 오히려 벌칙이 될 수 있다. 나도 이 사실을 깨닫기까지 오래 걸렸다.

물론 정해진 시간, 정해진 동선에 맞춰 살면 온전한 마음의 평화를 찾을 수 있다. 생활도 더 건강해지고 윤택해지는 느낌이다. 하지만 그런 만족감은 오직 모든 규칙이 온전히 지켜졌을 때만 누릴 수 있다. 생각보다 삶에는 변수가 많다는 걸 잊고 있었다.

루틴을 만들어간다는 건 굉장히 평화로운 일이면서도 동시에 위험한 일이 아닐 수 없다. 지켜지지 않으면 더 큰 스트레스를 껴안아야 한다. 루틴을 지키지 못했을 때마다 느끼는 심리적 불안감은 마치 압박 붕대를 한 듯 마음을 옥죄어 오는 것 같았다. 더 이상 마음에서 외치는 위험 신호를 못 본 체할 수 없었다. 탈강박이 필요했다.

모두가 루틴을 만들어갈 때 나는 루틴을 없애기로 했다. 마음에 더 집중해 보기로 했다. 지금 배가 정말 고픈 것인지 저녁 시간을 지키기 위해 억지로 먹는 것인지, 지금 이 책을 정말 읽고 싶은 것인지 글을 읽어야 한다는 강박 때문인지. 내가 정한 루틴을 지키지 못할 것 같으면 차라리 그 시간만큼 충분히 쉬기로 마음먹었다.

강박을 반박하는 가장 소소하고 물리적인 방법으로 방에 시계를 없앴다. 시계 없이는 절대 살 수 없는 사람이었던 나는 새벽에 선잠을 깨면 환하게 켜져 있는 전자시계의 숫자부터 확인했고 곧바로 몇 시간을 더 잘 수 있을지 계산했다. 일어난 뒤에도 언제까지 씻고, 몇 시까지 화장하고, 몇 시까지 머리를 말리고, 적어도 몇 시엔 집에서 출발해야 한다는, 강박의 초침이 끊임없이 돌아가며 내 머릿속을 할퀴었다. 그 당시에는 큰 스트레스라고 느끼지 않았지만 시계를 없애고 나니 그동안 시간 강박에 얼마나 시달렸는지 알 수 있었다. 무엇보다 없던 여유가 생겼다. 여유가 시간의 너비를 크게 가져오진 않았지만 여유의 빈도를 가져왔고, 그렇게 쌓인 여유들은 아주 큰 평화의 언덕이 되어 주었다.

물론 지금도 모든 강박을 내려놓진 못했다. 모태 J형 인간인지라 어느 정도의 루틴은 필요하다. 다만 언제든 강박이 될 수 있다는 생각으로 늘 경계 태세를 취한다. 그것이 내 멘탈을 단단하고도 유연하게 유지할 수 있는 방법이다.

다만 한 가지 절대 내려놓지 못한 강박이 있다면 바로 '食食'한 위장 계획이다. 먹고 싶은 건 꼭 먹어야 한다는 '맛있는 강박'은 여태 완전히 내려놓지 못했다. 어쩌면 이것은 못 하는 게 아니라 안 하고 있는 걸지도? 반박 불가라고 해도 괜찮다. 이 강박만큼은 나를 행복하게 하니까!

후회도

능력

실망과 후회는 비슷한 단어 같지만 다르다. 이를테면 근사한 저녁을 먹기 위해 (처음 가 보는) 스테이크 맛집에 갔다고 가정해 보자. 기대하던 스테이크를 주문했는데 음식을 먹어 보니 예상과 다르게 고기가 질겨 기분이 팍 상한다. 이것은 실망이다. '차라리 단골 삼겹살집에 갔다면 훨씬 더 맛있게 먹었을 텐데'라며 머릿속으로 다른 선택을 했을 시의 결과를 상상해 보는 행위는 후회다. 앞으로 비슷한 상황에 놓이게 된다면 분명히 단골 삼겹살집으로 향할 것이다. 이처럼 때로는 후회가 다음에 더 나은 결정을 하게 한다. 실망은 동물도 할 수 있지만 후회는 오직 인간만이 할 수 있는 고등한 능력이다.

메뉴를 고르는 아주 사소한 일부터 인생의 중대한 일을 결정하는 것에 이르기까지 우리는 찰나의 선택을 하고 찰나의 후회를 한다. 후회는 인간에게만 부여된 능력이라고 생각하면 선택하는 부담이 조금은 덜어지는 것 같기도 하다.

그렇게 보자면 '후회 없는 인생'이라는 것은 애초에 존재하기 어렵다. 그것은 더 나은 사람이 되기를 포기하는 것과 같은 맥락일 테니까. 그러니 후회하는 것이 싫어서 결정하는 것을 두려워하거나 후회의 울타리에 갇혀 괴로워할 필요는 없다. 기왕 이렇게 된 것 실컷 후회하고 성찰하며 후회의 빈도를 줄여나가는 것에 익숙해지는 게 낫다. 모순적이게도 후회하기 싫다면 더 많이 후회해야 한달까? 후회는 더 나은 결정을 하기 위한 필수 과정이라고 생각한다.

그래서 나는 지금 이 순간에도 열심히 후회하는 중이다. 그때 건너편 빵집에서 쑥 보리 빵을 사 올 걸. 다음에 제주도에 다시 오면 꼭 사 와야지. 아, 그러고 보니 아까 그냥 맥주도 주문할 걸 그랬다.

내 안의

예민이

〔예민-하다 / 銳敏하다〕

예민, 한자로 날카로울 예(銳)와 민첩할 민(敏)을 쓴다. 사전적으로는 '무언가를 느끼는 능력이나 분석하고 판단하는 능력이 빠르고 뛰어나다'라는 뜻을 가진다. 저마다 느낌의 차이는 있겠지만 '예민'은 뾰족한 된소리나 거센소리는 찾아볼 수 없는, 온통 말랑한 울림소리임에도 불구하고 왠지 까다롭고 날카로운 느낌이 든다. 가령 상대를 몰아갈 때 "너 좀 예민하다" 내지는 "내가 예민한 거야?"와 같이 불편하거나 부정적인 느낌으로 쓰일 때가 많다.

사람은 누구나 소음, 냄새, 청결, 입맛 등 각자의 영역에 '예민이'가 서식한다. 응당 나에게도 여러 예민이가 있다. 내가 주로 예민하게 반응하는 분야는 '향'이다. 제법 뾰족하게 발달되어 있지만 그 예민이 덕에 늘 청결한 상태를 유지할 수 있다고 생각한다. 게다가 향수를 고르는 안목까지 생겼다. 또 다른 예민이로는 입맛 예민이가 있다. 평소 술을 좋아하고 즐기는 터라서 안주와 식사만큼은 건강한 재료와 성분에 집착한다. 그러다 보니 입맛이 꽤 까다롭다는 소리를 듣는다. 하지만 이 깔깔한 미식 예민이 덕분에 전국 팔도 맛집을 꿰고 있으며 음식 재료 하나하나 음미할 줄 알게 됐다. 누구보다 맛있는 삶을 영위하는 중이다.

화법 예민이도 내 안에 지독하게 기생한다. 카피라이터라는 직업 때문이라기보다 사람과 사람 사이에 오가는 화법은 인성의 한 부분이라고 생각한다. 맞춤법부터 띄어쓰기까지 예민하게 신경 쓰는 편인데 물론 나 역시 100% 완벽한 맞춤법을 구사하는 건 아니어서 꾸준히 문법 검사기를 달고 살며 실수하지 않기 위해 노력한다. (혹시 이 책에서 발견했다면 이미 알고 슬퍼하고 있을 것이다.)

그러다 보니 상대가 쓰는 언어에서 그 사람을 해석할 수 있는 능력이 생겼다. 이 사람은 감성에 울림이 많은 사람인지, 감성적인 접근보다는 논리적인 설득이 필요한 사람인지 판단할 수 있게 됐다. 그뿐만 아니라 누군가 자주 사용하는 단어나 이야기를 전달하는 방식이 좋으면 내 것으로 흡수하기도 한다. 화법 예민이는 이렇게 나를 성장시킨다.

예민한 만큼 보인다. 소리에 예민한 사람은 좋은 음악을 알아보고, 화법에 예민한 사람이 상대의 감정을 잘 알아챈다. 예민한 사람들은 사소한 것도 놓치지 않는다. 그래서 '예민하다'의 다른 말은 '섬세하다'라고 생각한다. 예민하게 감사하고 예민하게 감동할 줄 알며 결국엔 그 작은 예민함으로 사람을, 나아가 세상을 바꾼다. 혹시 당신이 지금 극도의 예민함으로 무언가에 스트레스를 받고 있다면 그것은 반드시 무언가를 잘 해내고 있다는 반증이다. 지속적으로 붙잡고 고민하고 나아가고 있다는 증거. 그렇기 때문에 나는 앞으로도 있는 힘껏 예민할 예정이다.

나와의
싸움

"나와의 싸움에서 자꾸 져요.
반대로 말하면
나와의 싸움에서 내가 이긴 거지?
이긴 쪽도 나니까
50전 50승 50패지."

— 이병건 (침착맨)

이 말은 종종 나를
아주 현명하게 위로한다.

나에게

좋은

사람

인간관계에 대해 고민 없는 사람이 있을까? 제아무리 일 년에 약속이 열 손가락을 채울까 말까 한 파워 내향인이라도 인간관계에 대한 고민에서 자유로울 수는 없다. 모두가 공평하게 관계로부터 고통받는다.

인간관계에 대한 고통의 무게는 사람을 만나는 빈도와는 무관하다. 고민이 찾아와도 가뿐하게 해결하는 사람이 있는 반면, 쉽게 떨치지 못하고 오히려 주객전도 되어 고민에 잡아 먹히는 사람도 있다. 그러니 한 사람이 온다는 건 실로 어마어마한 일이다. 큰 행복이 몰려오는 동시에 큰 번뇌도 함께 찾아오니까.

살면서 몇 번의 사람 착오를 겪다 보니 어떤 사람이 나에게 유해하고 무해한 사람인지 어느 정도 판단할 수 있는 동물적인 감지력이 생겼다. 지금도 좋은 사람을 알아볼 수 있다고 100% 자신할 수는 없지만 10대와 20대를 지나 30대에 이르면서 많은 사람을 알고, 잃은 만큼 나에게 착 붙는 사람을 직감할 수 있는 능력이 조금씩 생기는 것 같다.

"나에게 좋은 사람은 어떤 사람일까?"

이따금씩 친구들과 이런 이야기를 나눈다. 사실 좋은 사람을 정의한다는 건 그 자체로 어렵다. 사람마다 바라보는 관점이 다르고, 사람에게 바라는 바가 다르기 때문이다. 사람은 입체적이라서 내가 어디서 어떤 각도로 바라보는지에 따라 더 빛나 보이거나 혹은 그늘져 보이는 법이니까.

내게 좋은 사람이란 내가 좋은 사람인 것처럼 느껴지게 해 주는 사람이다. 그 느낌은 특히 대화를 할 때 찬찬하게 느낄 수 있다. "어떻게 그런 생각을 했어?", "너니까 해낸 거야", "대단한 걸?" 내가 무슨 말을 해도 귀 담아 듣고 감동할 줄 아는 사람, 내가 꽤 괜찮은 사람인 것처럼 느껴지게 해 주는 사람. 수식어를 바꿔도 마찬가지다. 내게 필요한 사람이란 내가 필요한 사람처럼 느껴지게 해 주는 사람, 내게 소중한 사람이란 내가 소중한 사람처럼 느껴지게 해 주는 사람이다.

반면에 경험상 이런 사람은 피하는 것이 좋더라. 내가 어떤 말을 해도 내 예쁜 의도와 다르게 받아들이는 사람. 내 섬세함을 예민함으로, 내 열정을 고집으로, 내

배려심을 오지랖으로 만들어 버리는 사람. 특히 내 솔직함을 자신의 무기로 쥐는 사람을 가장 피해야 할 사람이라고 생각한다. 이를테면 상대를 믿고 말했던 이야기 하나로 나를 분석하고 판단하고 나를 대하는 태도까지 바꾸는 사람 말이다.

나를 알아봐 주는 사람은 도처에 많다. 나라는 사람을 온전히 이해해 주고 지지해 주는 사람들. 참 고마운 사람들이다. 나 역시 내가 사랑하는 사람들을 많이 응원하려고 한다. 내가 느꼈던 것처럼 그들도 본인 스스로 굉장히 좋은 사람이라고 느낄 수 있도록.

좋은 사람은

내 이야기에 귀 기울여 주는 사람,

내 말에 감동해 주는 사람,

스스로 꽤 괜찮은 사람이라고

느껴지게 해 주는 사람.

당신에게 좋은 사람은 어떤 사람인가요?

별 볼 일 있는

인생

취업 준비로 스펙 쌓기가 한창이던 대학교 4학년 시절, 나는 필요한 스펙과 전혀 관련 없는 해외 봉사단을 신청했다. 이유는 이렇게 공모전만 하다가 대학생 신분을 벗어나면 너무 아쉬울 것 같았고, 내 전공과 상관없는 또 다른 경험을 해 보고 싶었기 때문이다. 그렇게 다부진 의지를 다지고 1차 서류 합격, 2차 면접까지 합격한 뒤에 나름의 치열한 경쟁률을 뚫고 스물 한 명의 봉사단에 발탁됐다.

봉사지는 네팔, '버꾼데'라는 마을이었다. 그곳은 전기가 들어오지 않는 고산지대 중에서도 초고산지대에 위치한 마을이었고 올라가는 데만 하루 반나절을 쏟아야 했다. 끈기와 인내심을 발휘한 끝에 도착한 마을은 너무 추웠다. 처음 만난 주민들에게 인사하고 따듯한 물을 부탁했다. 아침 일찍 출발했음에도 불구하고 마을에 도착하고 얼마 지나지 않아 하늘은 금세 깜깜해졌다. 우리는 침낭을 펼치고 어떻게 하면 덜 춥게 잘 수 있을지부터 고민했다. 너무 추우니 옷을 벗고 싶지 않아서 화장실에 가고 싶어도 방광이 터지기 일보 직전까지 꾹 참았다. 게다가 화장실에 전등이 있기를 바라는 것은 사치였고, 변기는 수세식이라지만 밑이 깊어서 이대로 빠져 죽어도 아무도 찾지 못할 것이 분명해 보였다. (결국 어느 밤, 나 대신 휴대전화가 희생하고 말았지만.)

참고 참다가 달려간 화장실에서 가까스로 볼일을 보고 밖을 나와 정신 차리고 보니 사방이 온통 깜깜했다. 책에서 표현하던 '칠흑 같은 어둠'이 이런 거구나 싶었다. 제아무리 눈을 부엉이보다 크게 떠 봐도 아무것도 보이지 않았다. 찬 밤공기가 끊임없이 코끝과 발끝을 강타해대는데, 그게 시린 건지 아픈 건지 헷갈렸다. 오직 휴대전화 플래시에만 의지한 채 내가 과연 숙소를 향해 맞는 방향으로 잘 가고 있는지 의심이 들 때쯤, 위쪽 시야가 환해지기 시작했다. 본능적으로 빛이 새어 나오는 위를 향해 빠르게 고개를 젖혔다.

그 순간의 감동은 이루 말할 수 없다. 누군가 깜지 쓰기 벌을 준 듯 수많은 별이 빽빽하게 하늘을 채우고 있었다. 감동보다는 경이로움에 가까웠다. 검소하게 화려하고, 잔잔하게 훌륭했다. 평생 볼 별이 그날 그곳에 다 모인 것 같았다. 무수히 많은 별이 내가 숙소로 돌아가는 길을 비추며 나를 안전하게 바래다 주었다. 숙소에 다다랐을 때에는 이미 친구들도 밖에 나와 별들의 위엄에 사로 잡혀 있었다.

10년이 지난 현재, 그때의 감동은 이제 반짝이는 추억이 되었다. 그때 만난 친구들은 별것 아닌 이야기도 가장 별것인 것처럼 이야기하는 친구들이 되었다. 지금도 네팔 해외봉사단 '따또사티(네팔어로 '따또'는 따뜻한, '사티'는 친구라는 뜻이다.)' 친구들을 만날 때면 우리는 빠짐없이 그날의 별 이야기를 한다. 참 감사하다. 같은 하늘을 보고 같은 추억을 나누고 같은 감정을 공유하는 따듯한 친구들이 있어서.

요즘 서울에선 별 볼 일이 잘 없다. 모두가 그럴 여유가 없는 것도 같아 안타깝다. 별은 작정하고 보지 않으면 잘 보이지 않지만 바라보면 바라볼수록 더 많이 보이고 더 반짝인다. 시시로 고개를 들어 별을 찾아보자. 그리고 눈에 가득 담자. 집에 가는 길에 별 하나만 발견해도 우리의 하루는 제법 별 볼 일 있는 인생이 될 테니까.

인연 2년설과

시절 인연

나만의 인간관계론이 있다. 인연 2년설. 나름 서른 해를 넘기며 살아오면서 몸소 경험하고 축적한 관계 데이터들을 바탕으로 도출한 나만의 이론이다. 인연 2년설은 적어도 사계절을 두 번 보내기 전까진 이 사람이 좋은 사람인지 나쁜 사람인지 함부로 판단할 수 없다는 명제를 가진다.

이 이론에 큰 공을 세운 건 다름 아닌 달콤 쌉사름한 연애를 함께해 준 구(舊)애인들이다. 구친구들과는 대개 연애한 지 거진 2년이 될 때쯤 이별했다. 이상하게 2년 정도 지나면 태도라든지 가치관에서 여과 없는 실체들이 보이기 시작했다. 물론 나와 다른 사람일 뿐 그들이 잘못했거나 틀린 것은 아니었지만 대개 비슷한 이유로 마음이 떠났다.

물론 인연 2년설은 대상이 '연인'에만 해당하는 것은 아니다. 사랑하는 사람이든 사회에서 만난 사람이든 적어도 2년은 지켜봐야 안다는 이야기이다. 오랜 친구, '저 사람은 '나랑 안 맞아!'라고 했던 사람도 2년 후 진득한 아군이 되기도 했고 '너무 좋아!'라고 했던 사람도 언제 그랬냐는 듯 시들시들해지기도 했다. 그런 경험들을 통해서 사람에게 어떤 프레임을 씌우는 건 인연을 맺어 감에 있어서 굉장히 위험한 일이라는 걸 알았다.

인연(因緣)은 사전적 의미로 '사람들 사이에 맺어지는 관계 또는 어떤 사물과 관계되는 연줄'을 뜻한다. 불교적 용어로 인연의 인(因)은 결과를 만드는 직접적인 힘이고, 연(緣)은 그를 돕는 외적이고 간접적인 힘을 말한다. 석가모니는 '모든 것은 인과 연이 합해져서 생겨나고, 인과 연이 흩어지면 사라진다'라고 했다. 쉽게 말해 쌍방이어야 한다는 소리다. 결국 모든 관계는 속도와 온도가 맞아야 한다.

만약 인연이란 이 단어가 사물이 된다면 나와 당신의 새끼 손가락에 꼼꼼하게 묶여 이어진, 하지만 풀려고 하면 또 쉽게 풀 수 있는 빨간 실 같은 것이 아닐까? 우리는 그 붉은 실에 묶인 채로 오래도록 좋아하는 사람들과의 관계가 이어지길 원하지만 인연이란 것은 그리 호락호락하지 않다. 무엇보다 100세 시대에 이렇게 새끼 손가락을 내어주는 사람을 만난다는 건 사실 대단한 일이다. 일방이 아닌 쌍방은 더더욱. 그러니 녹진한 인연을 찾게 된 사람은 그 순간을 귀하게 여길 줄 알아야 한다.

그러나 흔히 말하듯 인연은 주먹에 쥔 모래와도 같아서, 세게 쥐면 쥘수록 부서져 흩날리는 모래알처럼 혼자 애쓰고 붙잡으면 그 관계는 결국 쉽게 무너진다. 내 순수한 노력이 누군가에겐 불편함과 부담을 줄 수도 있다는 것. 내 의도가 순수해도 상대가 아니면 아니라는 것. 그 점을 잊지 않으려고 애쓴다. 나 역시 상대가 그렇게 다가와도 마찬가지일 테니까.

20년 가까이 죽마고우로 지내 온 한 친구는 나와 무척 다른 사람이었다. 화법이 꽤 날카로워서 자주 마음이 베이고는 했지만, 어렸을 적부터 봐 온 친구이기에 '원래 그런 아이'로 열심히 포장했다. 말은 저렇게 아프게 해도 의리 있는 친구라며 최대한 좋은 점에 주목하려 애를 썼다. 하지만 끝없는 생채기에 나도 지치고 말았다. 나 혼자만 이 관계를 위해 애쓴다는 느낌이 나를 돌아서게 만들었다. 이제껏 맺어 온 우정과 다르게 이 관계를 개선하거나 이어갈 의지를 느끼지 못했다. 마침내 홀로 고요한 이별을 선포했고 우리는 서로의 인생에서 서서히 사라지기 시작했다. 20년이라는 시간과 그동안 속 끓였던 내 노력이 모두 재가 되어 타 버렸지만 지고 있던 마음의 무게가 덜어지니 훨씬 홀가분해졌다.

그 일로 깨달은 건 시간과 우정은 비례하지 않는다는 사실이다. 사회 생활을 하다 조금 늦게 인연을 맺은 사람들이 있다. 처음 만난 자리에서 급속도로 친해졌다가 2년 뒤쯤에는 언제 그랬냐는 듯 소원해지는 관계도 있고, 천천히 가까워져 지금까지 진득하게 인연을 이어오는 관계도 있다. 몇 번의 관계 변화를 겪은 뒤 나는 더더욱 속도에 속지 않으려고 한다. 관계도 너무 빠르면 체하기 마련이고 쉽게 뜨거워진 만큼 쉽게 식는다. 돌이켜 생각해보면 쉽게 뜨거워졌던 사람들은 지금 내 곁에 없다. 물론 이 짧은 생에 잠시라도 곁을 내준 사람들이 있다는 것이 무척 감사한 일이지만 이로 인해 내 곁의 귀한 인연들을 놓쳐서는 안 될 일이다.

그래서일까? '시절 인연'이란 말을 처음 알았을 때 특별히 반가웠다. 누구나 서로의 마음이 이어졌다가도 멀어지는 '때'가 있다는 것. 그때만큼은 상대방에게 진심이었던 내 모습을 떠올리면 그때의 내가 사랑스럽기도 하다. 시절 인연이란 단어는 나를 위로해 주었고, 관계에 지친 나를 제법 의연하게 만들어 주었다.

자주 보진 못해도 떠올리면 여전히 기분 좋은 온기가 남아 있는 사람들이 있다. 언젠가 우리는 또다시 닿을 것이란 걸 믿어 의심치 않는다. 변함없이 곁에 남아준 인연들에겐 곡진한 감사를 표하고 싶다. 《힘 빼기의 기술》이란 책 제목처럼 그 기술을 관계에 적용해 보면 좋겠다. 지나치게 힘을 주지 않고도 충분한 여운이 감도는 그런 인연을 이어갈 수 있도록.

사계절을 두 번 봐도 부족하다고 생각하지만 인생은 그리 짧지 않다. 확실한 건 상대가 진득한 아군이 될지 남보다 못한 적군이 될지는 지금 당장은 알 수 없다는 것이다. 그저 내 곁에 있는 사람의 속도에 맞게 걷고 온도를 맞춰 닿을 뿐. 먼 훗날에도 미련이 없도록 지금 내 인연들에게 최선을 다할 뿐이다.

기다림의 미학

요즘 일할 때 가장 견지하려는 태도는 '기다림'이다. 특히 나처럼 성미 급한 사람들에게 꼭 필요한 태도라고 생각한다. 내가 하는 일은 보통 혼자 시작해서 혼자 끝내는 것이 아니라 많은 사람이 하나의 아웃풋을 내기 위해 다같이 고군분투하는 과정을 거친다. 그렇기 때문에 동료를 너무 보채거나 다그치지 않고 기다릴 줄 아는 마음이 꼭 필요하다. 하지만 이것은 노력해도 쉽게 되지 않는다. 혼자 스케줄을 짜고 필요한 문서를 만들고 발표해서 한 번에 끝내 버리면 속은 시원할 수 있겠지만, 일단 광고라는 일은 나 혼자 할 수 있는 일이 아닐뿐더러 업의 경험을 쌓아 가면서 그것이 결코 좋은 결과를 만들지 못한다는 것을 깨달았다.

대학교 시절 팀 과제를 할 때도 자료조사는 물론 보고서를 만들고 발표하는 것까지 주로 나 혼자 했다. 내가 손이 빠른 편이기도 했고 혼자라도 얼른 끝내야 친구들도 편할 것이라고 생각했기 때문이다. 그 습관은 사회에 나와서도 계속되었는데, 그렇게 지내다 보니 나에게 점점 너무 많은 숙제가 쌓였다. 해내면 해낼수록 내 에너지는 바닥나는데 "해낼 수 있잖아?"라는 말만 돌아왔다. 더 큰 문제는 동료들이 더 이상 함께 고민해

주지 않는다는 것이었다. 마치 자기 일이 아니라고 생각하는 것 같았다. 결국 나는 뭐 하나도 제대로 못 하는 과부하가 된 상태에 치닫고 말았다. 잘하고 싶은 마음도 사치였다. 크게 앓고 난 이후 나는 욕심을 내려놓고 적당히 선을 긋고 동료들과 역할 분담을 하기 시작했다.

후배에게 할 일을 알려 주고 카피를 쓸 시간에 '차라리 내가' 하며 그 일을 해 버리고 말았던 시간을, 동료가 자료 찾을 시간을 기다리지 못하고 내가 알아보고 말았던 버릇을 꾹 참고 기다렸다. 나름대로 닦달하고 싶은 마음을 참으며 숱한 인고의 시간을 보냈다. 그 결과 내 부담은 줄었고 동료들과 함께한 노력으로 이뤄낸 아웃풋은 훨씬 견고하고 단단해졌다. 동료들도 나를 믿고 기다리기 시작했다. 무엇보다 함께 해내는 기쁨을 알게 되었다. 그 숱한 인고의 시간 끝에 열린 열매를 한 번 맛보면 아마 누구라도 능동적으로 기다릴 수밖에 없을 것이다.

빠른 결정을 하는 것도 중요하지만 결정을 해야 하는 마지막 순간까지 고민하고 또 고민해야 한다. 마지막까지 번복하더라도 최선을 다해 고민하고 결정하면 더 이상 후회도 수정도 없다. 이렇게 내려진 결정은 도무지 아름답지 않을 수가 없다.

기다려야 한다. 후배가 스스로 끝낼 수 있도록, 동료가 충분히 고민할 수 있도록, 팀장님이 더 나은 선택을 할 수 있도록. 이것이 기다림의 미학이었다.

긍정 사고

변환기

"어려워요"가 아닌
"해볼게요"
라는 긍정적인 말로.

"그 사람은 단순해요"가 아닌
"복잡하지 않아요"
라는 미묘한 어감의 차이로.

내 안에 긍정 사고 변환기를 설치하면
많은 것이 좋아진다.

어떤 일이 닥쳐도 나아질 수 있다.
무슨 일이든 척척 나아갈 수 있다.

마침표가 아닌

쉼표

퇴근길에 옆 팀 후배가 아주 피로한 표정으로 일을 하면서 번아웃이 온 적 있느냐고 내게 물었다. 나는 없다고 대답했다. 답을 하고 보니 아무래도 후배가 원하는 대답은 아니었던 것 같아서 내가 10년 동안 번아웃을 겪지 않았던 이유를 곰곰이 생각해 보았다. 내게는 왜 번아웃이 찾아오지 않았을까?

첫째, 딴생각을 많이 했다. 지금도 '더 재밌는 일은 없을까?' 하는 생각을 자주 한다. 물론 지금 하는 일이 질린 적은 없다. 지금도 지인들에게 '광고 바보'라는 소리를 들을 정도로 이 일을 좋아한다. 그것도 아주 많이(이를 꽉 물며). 정확히 말하면 아이디어를 내고 콘텐츠를 가시화하는 과정을 좋아한다. 사람들이 좋아할 만한 카피를 쓰는 게 재밌다. 세상에는 무수히 많은 매체와 콘텐츠가 있다. 그것이 유튜브가 될 수도, 웹툰이 될 수도 있다. 그 수많은 매체 중에서도 TV나 극장에서 볼 수 있는 영상 광고를 가장 좋아한다. 만약 광고라는 매체가 아닌 더 재밌고, 더 멋진 아이디어를 실현할 수 있는 곳이 있다면 언제든 떠날 준비가 되어 있다. 모순적이게도 '이 일 말고 딴 일'을 생각하는 마음이 이 일을 떠나지 않고 계속 할 수 있는 힘을 만들어 준 것 같다.

'난 이거 아니면 안 돼'라는 생각은 조금 위험하다. 그렇게 되면 무조건 이 일을 잘해서 인정받아야 한다는 압박이 생기고 쉽게 번아웃이 찾아온다. 그래서 나는 일에 일일이 끌려 다니지 않으려고 한다. 언제든 너 같은 녀석은 확 차 버릴 수도 있다는 생각으로, 매력이 철철 흘러 넘치는 카사노바나 팜므파탈에 빙의하여 일을 마주한다. 떨어지면 불안에 떨고, 상대의 반응 하나하나에 눈치 보고, 자꾸만 사랑을 증명해 줘야 하는 불안형 연애 스타일이 피곤한 것처럼 일도 마찬가지다. 그렇다고 본인이 하는 일을 가볍게 생각하자는 뜻은 아니다. 배가 지나치게 무거우면 침몰할 수 있으니 부담을 내려놓자는 말이다. 모두에게는 각자 본인이 질 수 있는 적당한 무게가 있기 마련이니까.

둘째, 자주 딴 것을 봤다. 내 경우 광고가 아닌 다른 콘텐츠에 집중하는 시간을 꼭 챙겼다. 특히 시집을 많이 찾아 읽었다. 시에는 시각부터 촉각까지 모든 감각이 녹아 있다. 한 줄 한 줄 읽어 내려갈 때마다 무뎌진 내 감각들이 다시 살아났다. 지칠 때 시를 읽으면 모든 세상이 시처럼 보인다. 매일 보던 것도 다르게 보인다. 나는 이것을 'SEE.ZIP(시집)'이라고 표현하곤 하는데,

그렇게 시처럼 바라본 세상을 나만의 시집으로 엮어 내는 건 실로 감각적인 일이 아닐 수 없다.

마지막으로 자주 딴짓을 했다. 흔히들 이야기하는 운동이나 취미 생활을 찾는 것도 건강한 방법이다. 나는 주로 퇴근하고 사람을 만났다. 사람을 만나는 것도 에너지와 시간이 엄청나게 소비되는 일이지만 내 경우에는 그 이상이 채워졌다. 침대에 무기력하게 누워 주야장천 SNS만 보며 타인의 삶과 내 삶을 비교하는 것보다는 나 자신에게 훨씬 좋은 영향을 준다. 사람은 사람과 닿아야 한다. 사람을 만나서 서로의 생각과 가치를 공유하고 에너지를 주고받는 것만큼 영양가 있는 번아웃 처방법은 없다. 적어도 나는 그렇다.

번아웃은 언제 어디서 찾아올지 모른다. 닳고 있는지도 몰랐던 휴대전화 배터리가 유튜브나 OTT의 영상을 보다가 무심코 방전될 수 있는 것처럼 일상의 번아웃도 마찬가지다. 웃고 있다고 해서 무조건 번아웃과 거리가 멀 것이라는 안일한 생각도 금한다. 그래서 나는 꾸준히 마음 건강 검진을 하며 혹시 스스로 괜찮은 척하고 있는 건 아닌지, 정말 괜찮은 게 맞는지 내 마음 상태를 정기적으로 체크한다.

또 한 가지, 무엇이든 다 소진되기 전에 미리 채우는 습관이 있다. 이를테면 휴대전화 배터리는 절대 70% 밑으로 떨어뜨리지 않는다. 마음도 마찬가지다. 갑자기 훅 방전되지 않도록 평소 예방에 힘을 기울인다. 잠도 푹 자고, 천천히 걷고, 좋아하는 사람을 만나서 실컷 웃고, 맛있는 음식도 맘껏 먹으며 안 좋은 생각은 얼씬도 못 하도록 그 안온한 순간에 잠시 머물러 본다.

,

박웅현 작가는 한 인터뷰에서 "번아웃이 머리를 들지 못하게 하기 위해서는 인풋, 아웃풋도 아닌 '노풋'을 해야 한다"라고 이야기했다.

류시화 시인의 책 제목 중에는 '신이 쉼표를 넣은 곳에 마침표를 찍지 말라'가 있다.

쉬어 가야 하는 순간이다.

사심으로 살

결심

업계 카피라이터 선배에게 매우 사(死)적인 질문을 하나 받았다.

"만약 내일 죽는다면, 마지막으로 무엇을 먹고 싶어요?"

나는 고민의 여지없이 무릎 조건 반사보다 빠른 위장 신경으로 대답했다. 엄마가 끓여 준 감자탕이라고. 다만 시중에 파는 것은 안 되고 꼭 엄마가 끓여 준 감자탕이어야 한다.

「감자탕 끓였어.」

대학 시절 엄마가 보낸 그 메시지 하나로 사람의 위장까지 설렐 수 있다는 걸 처음 깨달았다. 선미 씨의 이 강력한 메시지는 온종일 가슴을 뛰게 했다. 수업이 끝나기 무섭게 떨리는 위장과 주린 배를 부여잡고 부리나케 집으로 달려갔다. 사실 딸내미의 빠른 귀가를 유도하는 선미 씨의 구수한 전략이기도 했지만 늘 알고도 당했다.

"미희 안 왔어?"

"오늘 엄마가 감자탕 했대."

동기 모임에 빠졌을 때도 내 불참 사유가 엄마의 '감자탕'이면 동기들은 자연스럽게 이해해 주었다. 그만큼 선미 씨의 감자탕에 진심인 나였으니까.

선미 씨는 지금도 가족 중 누군가 아프거나 기운이 축축 처질 때 응원의 감자탕을 끓인다. 아파트 부엌에 선 도통 보기 힘든 거대한 솥 냄비를 가는 체구로 끙끙대며 꺼낸 후, 아침 일찍 장을 봐 온 돼지 등뼈와 정성스레 껍질을 벗긴 감자를 통으로 넣어 24시간 푹 고아낸다. 시중에 파는 MSG가 얼큰하게 들어간 고추장 베이스의 감자탕과는 다르게 구수한 된장 베이스로 진하게 끓여 내니 그 맛은 단연코 일품이 아닐 수 없다. 대한민국 어디서도 맛볼 수 없는 깊은 맛이다. 선미 씨는 늘 말한다. "가족이 아니면 맛볼 수 없어. 나중에 가족이 될 사위만 맛 보여 줄 거야."

'죽기 전에 먹고 싶은 음식'은 생각해 보면 굉장히 의미 있는 화두다. 음식에는 저마다의 사연이 있고 그 사연과 연관된 사람들이 있으며 평소에 무엇을 느끼고 생각하는지와도 연결되기 때문이다. 내게는 선미 씨의 감자탕 역시 단순히 맛있어서가 아니라 가족을 생각하면서 끓였을 그녀의 정성과 시간이, 함께 밥을 먹으며 나눈 추억이 그만큼이나 소중한 것이다. (신기하게 내 주변 사람들의 대답 중에서는 김치찌개가 가장 많았다. 자주 접하는 음식임에도 불구하고 각자 음미하고 싶은 추억이 담긴 것인지도 모르겠다.)

바쁘다 바빠 현대 사회에 살다 보면 일상의 식사란 회사 업무 내지는 학업에 치여 뭘 먹어도 상관없는 한 끼가 되고 그 마저도 한 입 한 입 음미하지 못하는 일이 일상다반사다. 대개는 그냥 살기 위해 생존형 식사를 한다. 하지만 죽기 전 마지막 음식이라고 하면 얘기가 달라진다. 상상만으로도 한 입 한 입이 소중하고 쌀 한 톨까지 꼭꼭 씹어 음미해야 할 것 같다.

마지막 음식,

마지막 옷,

마지막 영화,

사심으로 살 결심

이를 음식뿐만 아니라 다른 곳에도 적용해 보면 좋겠다. '내가 지금 입고 있는 이 옷이 죽기 전 마지막 옷이다', '내가 지금 보고 있는 이 영화가 죽기 전 마지막 영화다'라는 식의 이 별거 아닌 듯한 사(死)심 최면은 굉장히 단순한 상상 같아 보여도 분명 하루 전체를 소중하게 만든다.

나는 오늘도 말끔하게 옷을 차려 입고 상대방과 눈인사를 하고 따뜻한 한마디를 건넨다. 일상의 모든 행위를 마치 마지막인 것처럼, 사심으로 살 결심으로, 내가 사는 세상이 더 선명하고 다정해질 수 있도록.

민들레는

민들레

《민들레는 민들레》는 전 회사 선배님이 추천해 준 그림책이다. 글이 좋아서 따로 기록해 두었다. 여기에 전문을 옮겨 본다. 이 글을 읽으면 처음 이 책을 만났을 때 느낌이 고스란히 피어난다. 읽을 때마다 나는 봄이 된다.

민들레는 민들레
싹이 터도 민들레
잎이 나도 민들레
꽃줄기가 쏘옥 올라와도
민들레는 민들레
여기서도 민들레
저기서도 민들레
이런 곳에서도
민들레는 민들레
혼자여도 민들레
둘이어도 민들레
들판 가득 피어나도
민들레는 민들레
꽃이 져도 민들레
씨가 맺혀도 민들레

휘익 바람 불어

하늘하늘 날아가도

민들레는 민들레

《민들레는 민들레》 속 '민들레'의 자리에

당신의 이름을 넣어 읊어 보자.

제법 위로가 될 것이다.

________는 ________

싹이 터도 ________

잎이 나도 ________

꽃줄기가 쏘옥 올라와도

________는 ________

여기서도 ________

저기서도 ________

이런 곳에서도

________는 ________

혼자여도 ________

둘이어도 ________

들판 가득 피어나도

________는 ________

꽃이 져도 ________

씨가 맺혀도 ________

휘익 바람 불어

하늘하늘 날아가도

________는 ________

다시,
만나며

"이 책은 삶을 마주한 수천 개의 태도 중에
가능한 '하나'일 뿐임을 명심해라.
너 자신의 것을 찾아라."

앙드레 지드 《지상의 양식》에 나오는 문장이다.
1800년대에 이런 통찰을 할 수 있다는 것이
참으로 놀라운 일이 아닐 수 없다.

그전까지 나는
책은 하나의 세계이며
그 세계를 가져와 나의 세계에
더하는 것이라고 생각했다.

하지만 이 문장을 보고 깨달았다.

책은 내가 가지고 있던 당연한 생각들을
깨부수는 과정이라고.
그것이 생각의 혁명이라고.

그리고 나에게 혁명의 무기는
영화가 될 수도, 웹툰이 될 수도,
당신이 될 수도 있다.

이 책에 마음을 담아 준 많은 분께
지극한 감사를 드리며

사랑하는 가족, 스승님, 선배, 동료, 친구들
그리고 편집자 김수진 님과 첫 책의 기쁨을
유난히 나누고 싶습니다.

참고 도서

- 안상순, 《우리말 어감 사전》, 유유
- 알베르 카뮈 지음, 김화영 옮김, 《이방인》, 책세상
- 마쓰오 바쇼 지음, 류시화 옮김, 가와세 하스이 그림·만화, 《바쇼 하이쿠 선집》, 열림원
- 이어령, 《마지막 수업》, 열림원
- 이와무라 카즈오 지음, 박지석 옮김, 《생각하는 개구리》, 진선아이
- 김장성 지음, 오현경 그림, 《민들레는 민들레》, 이야기꽃
- 앙드레 지드 지음, 최애영 옮김, 《지상의 양식》, 열린책들

미 카피의 생각 채집
: 10년 차 카피라이터가 글과 생각을 다루는 법

1판 1쇄 발행 2025년 2월 17일
지은이 성미희
편집 김수진
디자인 이영케이 김리영
펴낸이 김수진
펴낸곳 ㈜인티앤 출판등록 2022년 4월 14일 제2022-000051호
전자우편 editor@intiand.com
제작 세걸음

ISBN 979-11-93740-13-2 03810